COMTE DE GOBINEAU

LES PLÉIADES

TOME PREMIER

PARIS

LES ÉDITIONS G. CRÈS ET Cie

21, RUE HAUTEFEUILLE, 21

MCMXXIV

LES PLÉIADES

TOME PREMIER

OUVRAGES DU MÊME AUTEUR

Essai sur l'inégalité des races humaines (Firmin-Didot).
Les Religions et les Philosophies dans l'Asie centrale (Crès).
Trois Ans en Asie (B. Grasset).
Histoire des Perses *(épuisé)*.
Traité des écritures cunéiformes *(épuisé)*.
Deux études sur la Grèce moderne *(épuisé)* (Plon-Nourrit).
Histoire d'Ottar Jarl *(épuisé)* (Perrin).
La Troisième République française et ce qu'elle vaut, étude *(épuisé)*.
Voyage à Terre-Neuve *(épuisé)*.
La Renaissance, *scènes historiques* (Plon-Nourrit).
La Fleur d'or, inédit (Bernard Grasset)

Ternove, roman (nouvelle édition, Perrin)
Nouvelles asiatiques (nouvelle édition, Perrin; — édition de luxe *(épuisé)*, Crès).
Souvenirs de voyage, nouvelles (Bernard Grasset).
L'Abbaye de Typhaines, roman (Nouvelle Revue Française).
Adélaïde suivi de **Mademoiselle Irnois**, nouvelles (Nouvelle Revue Française).
Le Prisonnier chançeux ou les Aventures de Jean de la Tour-Miracle, roman (Bernard Grasset).
Nicolas Belavoir, roman *(en préparation*, Bernard Grasset).
Scaramouche, nouvelle inédite (édition de luxe, Pichon; — édition ordinaire, *en préparation*, Crès).

Amadis, poème (Plon-Nourrit).
L'Aphrocessa, poèmes *(épuisé)*.
Les Adieux de Don Juan, poème *(épuisé)*.
Chronique rimée de Jean Chouan, poème *(épuisé)*.
Alexandre le Macédonien, tragédie (inédit en France).

Correspondance Alexis de Tocqueville, Arthur de Gobineau (Plon-Nourrit).

LES PLÉIADES

TOME PREMIER

PARIS

LES ÉDITIONS G. CRÈS ET Cie

21, RUE HAUTEFEUILLE, 21

MCMXXIV

AVANT-PROPOS DE L'ÉDITEUR

*Le comte de Gobineau, dont l'œuvre est très impor-
tante et très variée, a écrit cinq romans :* Le Prisonnier chanceux, Ternove, Nicolas Belavoir,
l'Abbaye de Typhaines *et* Les Pléiades. *Les quatre
premiers ont paru dans divers périodiques ou quoti-
diens avant l'entrée de leur auteur dans la carrière
diplomatique qui date de 1849. Il en est de même de
la longue nouvelle* Scaramouche, *qui fut publiée
en 1843 dans l'*Unité.

*A partir de son entrée dans la vie officielle, Gobi-
neau s'est surtout consacré à des travaux ethnologi-
ques, historiques et linguistiques. Il présenta sa
fameuse théorie sur les Races, et publia ses ouvrages
sur l'Asie ; puis il écrivit un recueil de poèmes réunis
sous le nom de* L'Aphroessa, *et deux volumes de
nouvelles :* les Souvenirs de Voyage *et les* Nouvelles Asiatiques.

*Mais ce n'est qu'en 1874, trois ans avant sa mise
à la retraite, qu'il revint au roman et publia* Les
Pléiades *qu'il commença à Stockholm l'année précédente. Cet ouvrage aura eu une bien curieuse destinée ; il est presque célèbre ; on en a souvent cité des*

passages ; on sait que Gobineau y a largement exprimé ses théories et ses idées, et que c'est là qu'il a pour la première fois employé l'expression de « Fils de Roi », qui fit fortune ; et cependant, on peut affirmer que ce roman a été très peu lu intégralement : en effet, il n'a paru dans aucun périodique, n'a été tiré qu'à un millier d'exemplaires en première édition chez Plon, et à un tirage aussi restreint d'exemplaires de luxe aux Editions du Sans Pareil. C'est dire l'intérêt de la nouvelle édition qui va être présentée au public.

Les Pléiades, que certains critiques considèrent comme un chef-d'œuvre, ont été discutées avec passion. Le Gobineau penseur et le Gobineau écrivain d'imagination y sont réunis ; on y a vu comme le testament de l'auteur, devenu plus pessimiste que jamais ; le style même annonce celui des derniers essais, si amers, que le célèbre auteur a écrits avant sa mort.

Enfin, pour indiquer l'importance capitale des Pléiades, on doit citer ces paroles d'Albert Sorel parues dans le Moniteur Universel en 1874 : « Si j'ai bien saisi l'idée qui domine dans les œuvres du comte de Gobineau, Les Pléiades sont le livre qui la résume sous la forme la plus saisissante et la plus poétique. »

LES PLÉIADES

LIVRE PREMIER

CHAPITRE PREMIER

JOURNAL DE VOYAGE DE LOUIS DE LAUDON

Il était six heures du soir à peu près, peut-être six et demie. La malle-poste filait entre la double ligne des chalets avec une verve renouvelée; nous sautions sur les inégalités du pavé; les bonnes gens se mettaient aux fenêtres; ceux de la rue relevaient le nez avec une expression d'intérêt et de curiosité.

Enfin la machine roulante contint sa turbulente gaieté; les chevaux, couverts de sueur et exhalant de leurs robustes croupes des nuages de vapeur, prirent le trot, puis le pas, et, soudain, s'arrêtèrent en désordre devant le perron de l'hôtel de la Poste. Nous étions à Aïrolo, avec quelque prétention d'y faire un dîner quelconque.

Conrad Lanze sauta à terre, et moi, riant de bon

cœur à le voir saupoudré de poussière et blanc comme un pierrot, certain d'être tout semblable, je me battis de mon mouchoir, je frappai des pieds, je soufflai et exprimai avec passion le désir de trouver un bassin d'eau où plonger la tête et les mains. Mon compagnon s'unissait avec plus de modération à mon dithyrambe, ce qui ne l'empêchait pas de questionner les enfants assemblés autour de personnages aussi intéressants que le sont toujours des voyageurs tombant du ciel, et il eût sans doute obtenu sur ces petites créatures, leurs idées, leurs intentions, leurs pères et leurs mères, leurs ascendants, jusqu'à un degré d'une antiquité incroyable, les détails les plus complets, si l'hôtelier, M. Camossi lui-même, n'avait réussi, en joignant ses efforts aux miens, à lui faire entendre que deux aiguières, des serviettes, un repas complet, tout était prêt, que ce bien n'attendait que lui, et, enfin, que la malle-poste restait à Aïrolo une demi-heure, pas davantage.

Frappé de cette vérité et de ce qui en découlait de grave, le sculpteur se décida à interrompre ses communications avec la jeunesse tessinoise, enfonça la main dans sa poche, en tira une poignée de menue monnaie, la lança à toute volée au travers de la rue et, tandis que la bande des jeunes citoyens et des jeunes citoyennes du canton se précipitait en tas sur cette proie, nous faisions notre entrée dans l'auberge.

Conrad m'amusait, ou, plutôt, il me plaisait et m'intriguait; depuis quinze jours, nous étant rencontrés à Zurich, nous nous étions pris d'un bel amour l'un pour l'autre, et nous avions provisoirement uni nos destinées de voyageurs. Je ne découvrais pas en lui un seul côté qui me fût tant soit peu désagréable.

Il était artiste et ne portait pas de longs cheveux; il s'habillait comme tout le monde; il pratiquait les us et coutumes des gens bien élevés, sans aucune des protestations d'un bohême, ni des empressements d'un néophyte. Bien que nous convenant beaucoup l'un à l'autre, nous n'avions pas abordé le terrain des questions gênantes ou trop familières. Sa réserve, à tous égards, était parfaite, sans mystère d'ailleurs, et ne laissait surtout courir l'esprit sur la pente d'aucune expansion ridicule. Il ne m'avait rien dit de sa famille, ni du rang qu'il occupait dans le monde; cependant, on reconnaissait sans peine, à première vue, que son génie ne s'était pas élancé d'une loge de concierge, et que la distinction de sa personne devait provenir de quelque chose d'héréditaire. Il ne m'avait encore exposé aucune théorie transcendante sur les arts, leurs progrès, leur décadence, non plus que pour ou contre tel maître illustre élevé dans l'Olympe ou plongé vivant sous les ondes du Phlégéton. Si je le savais artiste, c'est qu'une phrase incidente me l'avait appris. Nous avions parlé littérature, et je goûtais ses idées parce que je partageais ses préférences. Il me semblait accompli.

Une fois à table, Lanze me proposa de demander du vin d'Asti, de ce petit vin mousseux, me dit-il, célébré par *la Chartreuse de Parme*, et qu'il fallait absolument connaître.

Au premier mot, le garçon de l'auberge avait apporté la bouteille souhaitée. Conrad remplit mon verre et le sien, et, appuyant son coude sur la table et sa tête sur la main, il éleva à la hauteur de son œil le précieux breuvage.

— Avouez, me dit-il, que tels que nous voilà tous les deux attablés ici, nous sommes dans un des jours heureux de la vie et au moment le plus heureux, peut-être, d'un pareil jour.

— J'aimerais, lui répondis-je en touchant son verre du mien, vous entrendre développer cette thèse.

Et je bus et je remplis mon verre de nouveau, pour avoir le plaisir de voir pétiller la mousse.

Il prit l'air d'un homme résolu à faire pénétrer la foi dans l'âme de son interlocuteur, fût-ce avec le concours de quatre hommes et de leur caporal.

— Dites-moi, Laudon, de bonne foi, qu'avons-nous fait depuis ce matin où nos yeux se sont ouverts à la lumière du jour? Ne sommes-nous pas montés sur le bateau à vapeur à Lucerne par une jolie matinée fraîche, humide, assez frissonnante pour nous donner à souhaiter le soleil et ses rayons? Je ne vous rappellerai pas les beautés agrestes du lac, de la chapelle de Guillaume Tell, ni de Guillaume Tell lui-même, bien que nous dussions peut-être un tribut d'hommages au pays hospitalier dont les auberges nous ont déjà remis tant de notes. Mais, tout compris, avouez-le, l'ombre d'un souci nous a-t-il approché pendant le temps que nous avons mis à traverser ces ondes pittoresques où les quatre libérateurs de la Suisse se sont donnés tant de mal, et où Schiller, dans son drame, et Rossini, dans sa musique, ont réussi à trouver de si belles choses? Non ! Laudon, ne soyez pas ingrat, ne niez pas l'évidence; votre esprit n'a pas été couvert du moindre nuage, ni noir ni gris, pendant cette heureuse traversée.

Je sursis à plonger un biscuit dans mon vin, pour donner mon plein assentiment à ses paroles. Mais il ne me laissa pas le temps de développer mon approbation et poursuivit avec un surcroît de gravité :

— Depuis Fluelen jusqu'ici, je ne crains pas de le dire, ce fut un crescendo de félicité.

— Oui, sans doute, exécuté dans une atmosphère où la poussière abondait plus que l'air vital, et où des tourbillons de mouches se sont livrés au jeu du djérid sur nos personnes.

— Ingrat ! s'écria Lanze, rentrez dans votre vie de Paris et ne profanez pas de votre présence...

— Voyons, dis-je à mon tour, j'ai eu tort, j'en conviens et je fais le bel esprit mal à propos. Je pense comme vous. Je suis ravi. Faut-il vous parler de ces pentes du Saint-Gothard, toutes couvertes dans leurs méandres, sur leurs crêtes, des buissons roses de ces rhododendrons en fleur?

— Vous rappelez-vous, s'écria-t-il, ce pont du Diable, la Reuss, affolée, dispersant, dissipant son écume à des hauteurs si grandes, tandis que les

masses sombres de ses eaux compactes comme des
lames d'acier, plongeaient courbes dans les chutes
du lit sonore de la rivière, et se relevaient courant
au loin, échevelées en longs rubans d'argent?

— Et ces gorges de rochers immenses, déman-
telés, noirs, farouches, aboutissant à des vallées
d'un vert si gai et si calme?

— Et ces tours féodales, que la force avait
dressées et qu'a renversées à demi la violence?

— Au fond, conclut Lanze, nous nous trouvons
honnêtement excités par ce que nous avons vu et
senti; nous avons été charmés, émus, éblouis,
touchés, transportés, heureux, en un mot; mais,
comme nous sommes de notre temps, nous croi-
rions nous manquer à nous-mêmes en n'étant pas
les premiers à nous en moquer. Tant de gens ont
fait des vers d'almanach sur le Saint-Gothard,
que, ma foi, nous sommes secrètement embarrassés
pour convenir qu'il y avait de quoi en faire de bons.
Voulez-vous que je vous dise mon sentiment,
Laudon?

— Je n'y mets aucun obstacle.

— Les gens de notre génération sont de tristes
sots.

— Amen, répondis-je.

Une soumission si nette le désarma, et il paraissait enclin à tomber dans une sorte de rêverie,
quand le conducteur reparut et nous pria de rentrer dans notre boîte. Nous allumâmes en hâte nos
cigares et reparûmes dans la rue.

Les enfants attendaient le retour de Lanze. Une

foule de jolies attitudes, de pétillants regards lui paya généreusement sa libéralité. Il alla se mettre au milieu de ce petit monde, donna des tapes d'amitié sur quelques têtes bouclées, offrit encore quelques sous, accompagnés de recommandations sérieuses d'être sages; puis nous montâmes en voiture.

Il y eut un contraste charmant; notre postillon, un gros et vigoureux Helvétien, taillé à coup de hache, avec un visage rouge et carré, accommodait lourdement de ses grosses pattes le harnais de ses chevaux avant de monter sur son siège; un colporteur le regardait faire, et c'était un Lombard, grand, svelte, élancé, à la large poitrine, à la taille serrée, belle figure, dents d'ivoire, cheveux bouclés, ondoyants, magnifiques, un Bacchus, un Apollon, un Mercure. Il était campé fièrement sur une hanche, une jambe en avant, image parfaite de la grâce virile. Lanze le contempla tranquillement; mais ne dit rien et les chevaux partirent en galopant.

C'est une des heures les plus délicieuses du voyage, que celle qui suit le dîner, et lorsqu'on se laisse aller, tout réconforté et égayé par le repos et le repas, au mouvement d'une bonne voiture. J'ai tort de proclamer une vérité si banale, car chaque voyageur, je crois, en a dû faire la remarque. Nous étions devenus fort silencieux. Lui restait dans son coin, moi dans le mien, l'un et l'autre fumant, regardant par la portière et, probablement, lui, comme moi, mêlait à la sensation donnée par le paysage toutes sortes de tableaux venus d'ailleurs et de plus loin. Il est certain que dans la chambre obscure de mon esprit, chaque chose se peignait en couleurs charmantes.

J'avais passé la soirée de la veille près de Lucie, à l'hôtel du Cygne, à Lucerne, et n'avais quitté cette ravissante créature qu'à minuit. Jamais, non, jamais elle ne m'avait montré tant de bienveillance.

Cette personne si accomplie, cette vraie gazelle, si jolie dans sa taille svelte, si fière dans chacun de ses traits, si adorable dans le moindre de ses mouvements, si malicieuse dans son esprit entier, si redoutable dans ses regards chargés tour à tour d'ironie ou de divination, avait été pour moi remplie de la plus sérieuse bonté. Je le lui avais dit et elle avait paru m'en savoir gré. Au moment de la séparation, je lui serrai la main. J'embrassai son mari... Cher garçon ! il s'était montré bien affectueux, lui aussi ! Et nous avions pris rendez-vous à Paris chez elle pour cet hiver.

De bonne foi, je n'ai jamais aimé que Lucie. Je ne dirai pas que ce sentiment apporte dans ma vie de bien grands troubles, ni qu'il m'arrête en beaucoup de choses, ni qu'il influe notablement sur mes résolutions ou ma conduite; pourtant je le rencontre dans tous les coins de mon âme où il porte une fraîcheur extrême. C'est un aimable compagnon, mais pas un tyran.

Oh ! mon Dieu ! de son côté, madame de Gennevilliers ne se rend pas fort malheureuse à mon endroit. Je le sais et ne lui en veux nullement pour

ce que tout autre appellerait, sans doute, du nom
d'indifférence ou de froideur; ce serait injuste.
Elle n'est envers moi ni indifférente ni froide;
au contraire, elle me comprend sans que je me
sois jamais expliqué, et voit l'intérieur de mon
âme qui ne lui a jamais été étalé, Dieu merci ! Nous
sommes deux natures sympathiques, parce que,
nous ressemblant, nous n'avons rien à craindre
de nos exigences mutuelles. Pourvu qu'elle se sente
aimée, elle est contente; moi, pourvu que j'aime
avec un certain degré de retour, et surtout rien
d'exagéré, rien de faux, rien d'hypocrite dans ce
qu'on me rend, dans ce qu'on m'offre, dans ce qu'on
me donne, je n'ai nulle disposition à demander des
extravagances, n'étant pas moi-même propre
à en faire, et je me contente, et suis heureux de ce
qui, pour un autre, ne serait assurément pas assez.

Rien n'est rendu estimable que par la durée;
et ces amours tapageuses, qui se jettent au travers
de la vie d'une femme et d'un homme, comme la
Reuss au travers d'une forêt de sapins, qu'y font-
ils? Ils ravagent tout, ils saccagent, brisent, dé-
truisent, dispersent, et leur cours rapide s'est emporté trop vite pour qu'on puisse s'éprendre de sa
fougue, on reste seulement courbé sur de froids et
malencontreux débris. Je ne dis pas que je rai-
sonne à la façon des grands hommes, ni même de
ces illustres passionnés dont on cite les folies en se
promettant de n'en pas risquer l'imitation. Je rai-
sonne comme un pauvre diable que je suis, heureux
d'être au monde, fort désireux de ne rien gâter de

ce que j'ai de bon autour de moi, et, pour cela, assez adroit pour distinguer entre le cœur et les sens, l'inclination et les emportements, l'affection et la rage, le dévouement raisonnable et l'abjection de toute volonté; enfin, comme l'ont dit les sages, entre la fidélité et la constance. Je serais au désespoir de me créer des torts envers Gennevilliers. Lucie en mourrait, ou, si elle n'en mourait pas, je le payerais un prix tel que je ne veux pas l'y mettre. J'arrange ma vie pour l'aimer toujours, ne lui faire ni chagrin ni honte, et garder intacts la douceur et le charme de ce que je reçois d'elle.

Encore une fois, ce n'est pas de l'héroïsme, je le sais; mais pourquoi irais-je m'accabler de travaux que ni les besoins de mon cœur, ni les volontés d'aucun Eurysthée ne m'imposent? Pourquoi jouer avec moi-même une dangereuse comédie, uniquement pour me guinder jusqu'à des couronnes que je pourrais fort bien manquer et dont, en définitive, je me passe?

Eh ! puisque je suis fait ainsi, pourquoi mentir? La sincérité personnelle est une vertu plus rare que l'intempérance amoureuse, et plus virile et plus mâle assurément, et celle-là, je me rends cette justice, je la possède ! Hé bien ! donc, c'est vrai ! la nature m'a doué d'une force essentiellement passive. Je suis contemplatif par essence, et c'est à l'examen des choses que se bornent mes capacités. Je suis, en face des vanités de ce monde, une sorte d'inspecteur aux revues. Je ne me mêle pas à l'escadron des passions, ni à l'infanterie des goûts, ni à l'artillerie des fantaisies, pour conduire les charges des unes, les attaques des autres, les évolutions des troisièmes. Non, je me mets là pour regarder tout, voir ce qui existe, ce qui fonctionne, et, bien que portant l'uniforme de l'armée, du moment que le tapage commence, je n'en suis plus, et mon état est de me tenir à l'écart, de distinguer ce qui tombe d'avec ce qui reste debout et d'en tenir registre. Sans vanité, je ne vois guère que les abeilles auxquelles je puisse justement me comparer. Je butine sur les surfaces.

Tandis que je me laissais aller à ces rêveries, j'éprouvais l'impression délicieuse d'une douce confession, où les faits avoués ne vous maltraitent pas, et cela ne doit pas constituer une volupté médiocre pour les saintes filles que la clôture monastique a dégagées des épines du monde. En outre, je voyais les perspectives de la vie s'allonger indéfiniment devant mes prévisions comme un large tapis vert de Versailles, toujours fraîches, toujours unies, toujours calmes, sans rien pour déranger les pieds de mes espérances, ni les forcer à baisser la tête avec chance d'être brusquement décoiffées. Non ! Il faut avouer que je suis né heureux.

Quel nuit incomparable ! Les chevaux trottaient et secouaient leurs grelots en cadence; de temps en temps, un mot d'encouragement du postillon les faisait doubler leur allure. Les côtés de la route passaient vite; une pierre, une touffe d'herbe, un buisson se détachaient rapidement et venaient caresser mes yeux de quelque forme bizarre tout à l'instant empreinte dans ma mémoire; les vallées profondes nous accompagnaient de leurs tournants, les montagnes nous escortaient en foule, les pics nuageux, ou blancs ou gris, tantôt se confondaient avec le ciel nocturne, tantôt faisaient comme un effort pour s'en détacher. J'étais plongé dans la plus douce extase.

Lanze alluma un nouveau cigare et, aussi silencieux que moi, continua à fumer à demi penché vers sa portière; les rayons de la lune tombant en plein sur son visage me le montrèrent un instant et je fus frappé de sa physionomie; ce n'était pas celle que je lui voyais constamment : plus de gaieté, plus d'insouciance, une mélancolie grave et certainement une teinte de douleur remplaçaient son agréable sang-froid.

— Que peut-il avoir? pensai-je; il aura perdu son argent à Bade, ou sa dernière statue a été maltraitée par les journalistes de Munich.

Je ne pus m'empêcher de sourire de ma perspicacité. Dans notre société actuelle il n'est guère de place au fond des âmes que pour des chagrins précis, définis et tenant de près à la question de position.

Je m'amusai à broder sur ce thème, et à force de broder, je m'endormis le nez sur ma toile, ayant encore un brin pensé à Lucie et à mon bon et cher Gennevilliers.

Quand je m'éveillai, il faisait grand jour et Conrad Lanze, fumant son éternel cigare, me dit :

— Je vous félicite de votre adresse !

— Quelle adresse?

— Vous ouvrez les yeux juste au moment le plus favorable pour vous procurer la sensation d'un changement à vue.

C'était exact, j'avais perdu le sentiment de la réalité au milieu d'une scène nocturne, représentant les pittoresques violences d'une nature tourmentée, et maintenant, montagnes sauvages, pics escarpés et fendus, vallons rechignés et menaçants, ce décor avait disparu. La route passait à travers des pentes qui s'abaissaient sensiblement et avec complaisance vers un but encore caché mais que l'on pressentait charmant; de toutes parts des mûriers, et parmi les mûriers, des vignes, et parmi les vignes, des plantations de maïs, serrées, drues, vigoureuses, florissantes, agitant leurs panaches sous le doigt d'un petit vent tiède, le vrai *Favorius*, l'ami de l'Italie antique. On était déjà en Italie, non pas de par la politique et les conventions d'État, mais de par la nature. C'était le petit bout du pied de l'Italie qu'on apercevait sous cette robe de verdure diaprée, pleine de fleurs, pleine de vie, élégante, séduisante... l'Italie, enfin ! Ce petit bout du pied annonçait les autres perfections sans nombre de la grande et sublime madone. Je me prosternai en pensée devant ce que je voyais et devant ce qui m'était ainsi promis.

— Au diable les louables cantons ! m'écriai-je.

— Pas d'exclusion ! murmura Lanze d'un ton dogmatique, et là-dessus, nous commençâmes une dissertation assez subtile sur les formes du pittoresque, ce qui nous conduisit jusqu'à Magadino.

Ici, nous revînmes beaucoup de notre premier
enchantement, les mérites du lac Majeur, dont nous
venions de parler, avant de l'avoir vu, nous parurent médiocres. Une fois embarqués sur le bateau
d'Arona, nous fûmes plus étonnés que charmés
devant ces eaux noircies et comme épaissies par
les ombres énormes de deux rives montagneuses
dont les flancs attristés par les sapins n'ont rien
que de monotone et même de maussade.

Tandis que nous pleurions notre déconvenue, un
grand jeune homme blond et mince, à tournure
distinguée, se trouvait à côté de nous; il se mêla
à la conversation d'une manière discrète, mais
qui indiquait en même temps le désir de nouer
relation.

Il n'était pas difficile de s'apercevoir que nous
étions tous trois des poissons de la même espèce
ou à peu près. La tentation de s'acquérir des compagnons de route, désir qui poignait évidemment
l'inconnu, me prit aussi, et je vis que Lanze n'y
répugnait pas; j'engageai donc de plus près l'entretien, et je suis ravi de l'avoir fait, car notre
nouvelle connaissance nous a fort aidés à passer
aujourd'hui de bonnes heures. Il avait été comme
nous pressé de voir, de contempler, d'admirer le
lac Majeur et se désespérait de ne pas trouver ce à
quoi il s'était attendu.

— Il me semble, nous dit-il, qu'un pèlerinage à
ce lac célèbre est une sorte d'initiation à laquelle
les âmes qui s'estiment ne sauraient se soustraire.
Pourquoi tant de poètes, sans compter les prosa-

teurs, pourquoi le président de Brosses comme Jean-Paul, nous ont-ils à l'envi monté la tête sur des paysages, en somme, si insignifiants !

Tandis que nous déplorions notre malheur, nous avions cessé d'être attentifs; tout à coup, notre recrue ayant levé la tête dans la direction du sud, s'écria :

— Mais voyez donc !

C'était un spectacle nouveau, sublime, adorable; nous nous étions trop hâtés ! nous n'avions pas eu confiance dans cette nature enchanteresse, magicienne rusée, habile à cacher sa richesse pour mieux en étaler les trésors, pour en faire miroiter les pompes à l'heure voulue, si belle, mais si grande artiste, par-dessus tout !

Nous fûmes éblouis et ivres d'enchantement, de joie, de bonheur; nous nous fîmes conduire aux îles avec la résolution bien prise d'y passer au moins une journée et, peut-être, qui sait? le reste de notre vie.

CHAPITRE II

Louis de Laudon ne passa pas le reste de sa vie à l'Isola Bella et pas plus à l'Isola Madre, et, lorsque avec ses deux compagnons, Conrad Lanze et Wilfrid Nore, il eut consacré la journée à parcourir ces lieux si séduisants, il ne put se tenir, avant le dîner, d'écrire les pages que l'on vient de lire et qui devaient, à son compte, servir de préface à beaucoup d'autres. L'effet ne suivit pourtant pas sa bonne volonté; le manuscrit, serré dans son nécessaire de voyage, y resta indéfiniment et ne fut pas continué.

Laudon avait assez l'usage de commencer les choses; mais une horreur naturelle l'empêchait de les continuer et encore plus de les finir.

Certaines parties du fragment qui précède ont pu faire pressentir ce trait de caractère. Leur auteur avait l'esprit fin, cultivé à peu près sur certains points, en friche sur d'autre; il avait de l'honneur, un cœur de substance légère, facile à fêler, aussi facile à raccommoder; perspicace pour les petites choses, myope pour les grandes dont il ne découvrait que des parties, sans jamais saisir l'ensemble; mais, surtout, il était curieux, curieux à l'excès des affaires des autres, et l'intérêt réel, vrai, sympathique qu'il y prenait, le dédommageait du peu de sérieux de ses propres affaires.

Il s'était attaché à Lanze en découvrant en lui une foule de qualités étrangères à sa propre nature et qui l'étonnaient. Il se sentit de même attiré vers Wilfrid Nore, et celui-ci ne le méritait pas moins bien que d'une autre manière.

Après avoir parcouru l'Isola Bella dans tous les sens, être entré dans toutes les grottes, s'être assis sur tous les bancs, avoir contemplé tous les tableaux non moins que les palmiers nains et s'être extasié comme il convenait devant cette majestueuse devise *Humilitas*, proclamée sur le fer doré qui en forme les lettres, et la surmonte d'une couronne comtale, le tout formant une sorte de tableau gigantesque répété sur tous les coins des terrasses, les trois amis se rendirent à l'auberge où ils avaient annoncé l'intention de passer la nuit. Là, ils commencèrent à dîner comme des gens qui resteront à table tant que le cœur leur en dira, c'est-à-dire, suivant toute probabilité, fort longtemps; non pas que leur fantaisie eût le moins du monde la concupiscence du boire et du manger indéfinis; au contraire, sous ce rapport, le nécessaire était assez pour eux, et ils étaient tous trois dans une telle disposition, que le superflu les eût révoltés. C'était de l'entretien convivial qu'ils avaient également faim et soif. La nature dans laquelle ils étaient transportés, la liberté et l'insouciance temporaire, mais d'autant plus enivrante de la vie de voyage, leur rencontre fortuite, un goût mutuel pour leur compagnie, tout leur montait à la tête et les disposait aux épanchements.

Ce fut Wilfrid Nore qui le premier mit le pied dans la voie menant aux confidences. Le dîner dans sa partie sérieuse était fini; on n'en était plus qu'à jouer avec quelques fruits et des bonbons, quand Wilfrid, jetant un regard sur la fenêtre à travers laquelle se montrait un magnifique soleil couchant et les eaux du lac et les rives piémontaises, s'exprima en ces termes :

— Si le ciel vous a créés capables, l'un et l'autre, de dîner à l'Isola Bella, avec des gens que vous ne connaissez pas, mais pour qui vous éprouvez la plus réelle affection et surtout une confiance sans bornes; à l'Isola Bella, dis-je, au milieu de cet amoncellement inouï de constructions biscornues, de rocailles insensées, de tableaux tellement mauvais qu'on peut, sans nul inconvénient, les attribuer à Michel-Ange comme à Raphaël; au milieu, dis-je, de cet accès de folie qui a pris un propriétaire anxieux de trouver un vrai moyen de prouver l'impossibilité de lutter contre cette nature incomparable et qui a atteint son but ! si vous êtes capables, je le répète, de vous contempler vous-mêmes sur ce sol où la duchesse Sanseverina a passé, où

Liane a vécu, sans vous sentir transportés hors du monde vulgaire, sans devenir des espèces de rêves, des farfadets pourvus de corps, mais de corps absolument disproportionnés avec la puissance prépondérante de la partie pensante... si, je vous le déclare pour la troisième fois, vous vous prenez pour d'honnêtes bourgeois, pleins de réalités et astreints sérieusement aux usages, ordonnances, règlements de la vie commune, dans ce cas, que le diable vous emporte ! je vais me retirer, et de rage je me coucherai en maudissant le jour où je me serai heurté, sur le lac Majeur, contre des gens si peu dignes de traverser ses ondes.

Lanze et Laudon s'empressèrent de rassurer Nore sur l'état de leurs esprits. Il balança la tête un moment de droite à gauche d'un air grave, et poursuivit :

— Nous sommes trois calenders, fils de rois; vous me désobligeriez sensiblement en hésitant à accepter cette vérité. Que nous soyons également borgnes de l'œil droit, c'est un fait malheureusement incontestable; ma crainte est que nous ne soyons même complètement aveugles, et c'est ce que nous ne saurons d'une manière certaine que vers la fin de notre existence, pour peu que nous acquérions d'ailleurs le sens critique dont je vous vois jusqu'à cette heure, ainsi que moi-même, assez mal pourvus.

— J'admets votre apologue, repartit Laudon; je ne sais que trop à quel point mon œil droit me manque; quand à être fils de roi, c'est une autre affaire, et je n'y trouve aucune apparence.

— Ceci provient, répondit Nore avec vivacité, de ce que vous n'examinez la question que d'un côté unique, et précisément le plus insignifiant. Donnez-vous la peine de descendre au fond des choses, je vous prie. Quand le conteur arabe, prêtant la parole à son héros, débute dans ses récits par lui faire prononcer ces mots sacramentels : « Je suis fils de roi », il ne se trouve pas une seule fois sur plus de cent où le personnage ainsi présenté soit autre chose, quant à son extérieur, qu'un pauvre diable fort maltraité de la fortune : ou bien c'est un derviche, ou bien un naufragé mourant de faim; souvent, comme dans le cas actuel, un estropié, et jamais surtout, jamais, dis-je, au grand jamais, soit que l'affaire tourne bien, soit qu'elle se termine au plus mal, il n'est question de la Majesté inconnue à laquelle le personnage prétend devoir la naissance. Pourquoi donc, à votre avis, faire de ce dernier un fils de roi, puisqu'il ne lui est accordé à la suite de cette qualification rien de l'héritage paternel, ni palais, ni jardins pompeux, plantés de rosiers géants et de platanes, ni tapis du Khorassan, ni vases craquelés de la Chine, ni chevaux harnachés d'or et de turquoises, ni harem peuplé de Mingréliennes, ni rien enfin de ce qui consacre et, aux yeux de la foule, rend surtout désirable le fait d'être issu directement d'un souverain régnant?

C'est parce que, en prononçant cette parole magique : « Je suis fils de roi, » le narrateur établit du premier mot, et sans avoir besoin de détailler sa pensée, qu'il est doué de qualités particulières, précieuses, en vertu desquelles il s'élève naturellement au-dessus du vulgaire. « Je suis fils de roi » ne veut donc nullement dire : « Mon père n'est pas négociant, militaire, écrivain, artiste, banquier, chaudronnier ou chef de gare... » Qui est-ce qui lui demande des nouvelles de son père, dont personne ne se soucie dans l'auditoire, intéressé uniquement par ce qu'il est lui-même? Cela signifie : « Je suis d'un tempérament hardi et généreux, étranger aux suggestions ordinaires des naturels communs. Mes goûts ne sont pas ceux de la mode; je sens par moi-même et n'aime ni ne hais d'après les indications du journal. L'indépendance de mon esprit, la liberté la plus absolue dans mes opinions sont des privilèges inébranlables de ma noble origine; le Ciel me les a conférés dans mon berceau, à la façon dont les fils de France recevaient le cordon bleu du Saint-Esprit, et tant que je vivrai, je les garderai. Enfin, par une conséquence très logiquement issue de ces prémisses, je ne suis pas heureux de ce qui suffit à la plèbe, et je cherche dans les joyaux que le Ciel a mis à la portée des hommes d'autres bijoux que ceux dont elle s'affole.

D'où me viennent tant de distinctions, si fortes, si marquées, qui me mettent tellement à part de l'entourage, que cet entourage, assurément, me sent étranger à lui et ne m'en porte qu'une bienveillance des plus médiocres? Évidemment de ce que je suis fils de roi, puisque la qualité royale a surtout cet effet de placer celui qui la possède, et en dehors et au-dessus du gros des subordonnés, des sujets et des esclaves.

— Je vous comprends, repartit Lanze, et vous avez raison plus que vous ne pensez. Être un fils de roi, c'est tout autre chose que d'être un roi. Un roi ! mon Dieu, un roi, la plupart du temps, c'est un souvenir, un idéal ; rarement peut-on reconnaître dans une personne humaine revêtue de ce titre la réalité du fait, au sens du moins que les anciens assumaient sur ce mot suprême ; mais l'essentiel en reste fortement et éternellement attaché à la qualification de fils de roi. C'est celui qui a trouvé les qualités que vous avez dites, pendues à son cou dès le jour de sa naissance ; celui-là, incontestablement, par un lignage quelconque, a reçu du sang infusé dans ses veines les vertus supérieures, les mérites sacrés que l'on voit exister en lui, que le monde ambiant ne lui a pas communiqués. Où ce monde les eût-il pris quand il ne les a pas ? Où le nourrisson les eût-il saisis, puisque nulle part il ne les avait sous la main ? Quel lait de nourrice les lui eût donnés ? Existe-t-il des nourrices si sublimes ? Non ! Ce qu'il est sort d'une combinaison mystérieuse et native ; c'est une réunion complète en sa personne des éléments nobles, divins, si vous voulez, que des aïeux anciens possédaient en toute plénitude, et que les mélanges des générations suivantes avec d'indignes alliances avaient, pour un temps, déguisés, voilés, affaiblis, atténués, dissimulés, fait disparaître, mais qui, jamais morts,

reparaissent soudain dans le fils de roi dont nous
parlons.

— Bravo ! fit Nore.

— Vous m'inquiétez, interrompit Laudon. Ainsi,
à votre gré, à tous deux, et pour préciser les choses,
il y aurait, aujourd'hui, de par le monde, un certain
nombre de personnes, hommes, femmes, enfants,
de toutes nations possibles, dans l'individualité
desquelles les atomes les plus précieux de leurs
plus précieux ancêtres auraient réussi à se réunir, en
expulsant ce que des intrusions fâcheuses y auraient
apporté de mélanges stupéfiants ou énervants
pendant des séries plus ou moins longues de générations précédentes, et il en résulterait qu'en fait,
ces gens-là, dans quelque situation sociale que le
Ciel les ait fait naître, seraient les vrais fils sur-
vivants des hommes de Rollon et voire des Amâles
et des Mérowings?

— Évidemment, répondit Nore, il en est comme
vous le dites. Bien des siècles ont passé depuis que,
les esclaves et fils d'esclaves relevant la tête, la
société moderne a commencé son sabbat. Le nombre
des coquineries a été incalculable. Les braves gens
poussés dans l'abîme par la foule des pieds plats,
ne se sauraient compter. Pourtant, au fond de
l'abîme, tous ne sont pas morts; beaucoup ont vécu
tant bien que mal; quelques-uns se sont rattrapés,
lentement, lentement, aux anfractuosités du roc,
aux touffes d'herbes, aux branches des buissons.
Ils sont revenus à la surface du sol, souillés,
meurtris; il a fallu du temps pour les débarbouiller ;

d'ailleurs, je n'ai pas la prétention de dire qu'ils soient absolument parfaits, et c'est ainsi que je vous présente en ma personne unie aux vôtres, trois calenders, borgnes de l'œil droit et fils de rois.

— Vous m'ouvrez un horizon qui me frappe et m'arrête, dit Laudon, et pour me servir du mot qui vous plaît, à quel nombre supposez-vous que puisse s'élever aujourd'hui dans le monde le nombre des fils de rois?

— Peuh! repartit Nore, que sais-je? Vous me proposez là une question de statistique dont les moyens de solution sont assez maigres. Mais consultez un peu, dans votre mémoire, la liste des gens que vous connaissez de près ou de loin. Verriez-vous de la difficulté à admettre qu'en Europe, seulement, il peut se trouver environ trois mille à trois mille cinq cents cerveaux bien faits et cœurs bien battants?

— Votre calcul me paraît fortement exagéré, objecta Conrad Lanze.

— Peste! s'écria Laudon, et tous les millions qui restent, qu'en faites-vous?

— Ce que j'en fais? répliqua Wilfrid, et sa voix prit le mordant de l'invective; ce que j'en fais? Mais regardez plutôt ce qu'ils font d'eux-mêmes! Tenez, allons à la fenêtre: je vais vous les montrer.

Il avait la tête montée; il ouvrit la croisée toute grande et s'avança sur le balcon, où ses deux amis le suivirent. Tous trois s'accoudèrent, les bras croisés, sur la balustrade de fer. Leur dîner, leurs entretiens, leurs discussions avaient duré long-

temps; il était près de minuit. Tout était calme;
la terre dormait. Les eaux du lac, striées de bandes
lumineuses, ondoyaient sous la lumière nocturne.

— Je voudrais, dit Wilfrid en serrant les dents
et parlant à voix basse, je voudrais qu'au lieu de
cette scène de repos nous puissions voir ici à plein,
des yeux du corps, les royaumes du monde et leurs
magnificences. Mais regardons-les des yeux de
l'esprit. Contemplons ces multitudes qui grouillent
et s'amassent, pomponnées, ornées, parées ou en
guenilles. N'excluons personne. Reconnaissez-vous
la barbarie toute pleine, non pas cette barbarie
juvénile, brave, hardie, pittoresque, heureuse,
mais une sauvagerie louche, maussade, hargneuse,
laide et qui tuera tout et ne créera rien? Admirez,
du moins, sa masse! Sa masse, en effet, est énorme;
admirez la belle ordonnance de sa division en
trois parties; en tête, la tribu bariolée des imbéciles!
Ils mènent tout, portent les clés, ouvrent les portes,
inventent les phrases, pleurent de s'être trompés,
assurent qu'ils n'auraient jamais cru... Voici maintenant les drôles! Ils sont partout, sur les flancs,
sur le front, à la queue; ils courent, s'agitent,
s'émeuvent, et leur unique affaire est d'empêcher
rien de s'arranger ni de s'arrêter avant qu'ils ne
soient assis eux-mêmes. A quoi sert qu'ils soient
assis? A peine une de leurs bandes se déclare-t-elle
repue, que des essaims affamés et pareils viennent,
en courant, prendre la suite de son commerce.

Et maintenant voilà les brutes. Les imbéciles les
ont déchaînées; les drôles poussent leurs trou-

peaux innombrables. Vous me demandez ce que je fais de ce pandémonium, Laudon? J'en fais ce qu'il est, l'hébétement, la destruction et la mort.

— Ceci revient à dire qu'en dehors de ces trois mille ou trois mille cinq cents élus, dont le nombre paraît encore trop considérable à Lanze, vous n'apercevez rien qui mérite de vivre?

— Je ne perçois, en effet, qu'un monde d'insectes de différentes espèces et de tailles diverses, armés de scies, de pinces, de tarières et d'autres instruments de ruine, attachés à jeter à terre mœurs, droits, lois, coutumes, ce que j'ai respecté, ce que j'ai aimé; un monde qui brûle les villes, abat les cathédrales, ne veut plus de livres, ni de musique, ni de tableaux, et substitue à tout la pomme de terre, le bœuf saignant et le vin bleu. Voudriez-vous épargner cette tourbe, si vous teniez entre les mains un moyen sûr de la détruire? C'est votre affaire! En ce qui me concerne, prêtez-moi pour un instant les foudres de Jupiter; je n'anéantirai que ce qu'il faudra de la masse irresponsable des brutes. Elle n'est pas faite pour rien discerner; je ne lui reconnais pas d'âme, et ce n'est pas sa faute quand on ne la contient pas. Et non plus pas de sévérités outrées contre les drôles! Je ne vous assure pas qu'ils soient le sel de la terre, mais ils en sont la saumure. On en peut, à la rigueur, faire façon, et en pendant quelques-uns d'entre eux de temps à autre, le reste se peut employer, sinon dans les voies honnêtes, du moins dans les voies utiles. D'ailleurs, il faut en convenir, sans trop se faire prier, la planète les produit naturellement ! Le monde, quoi qu'il fît, ne parviendrait pas à s'en défaire, ni peut-être à s'en passer.

Quant aux imbéciles, je serais impitoyable. Ce sont les vaniteux et sanglants auteurs, les moteurs uniques et détestables de la décrépitude universelle, et la pluie de mes carreaux de feu labourerait sans pitié ces crânes pervertis. Non, une telle bande ne mérite pas de vivre; non, cette vermine coassante ne peut exister et laisser le monde vivre ordonné à côté d'elle. Les époques grandioses et florissantes furent celles où de pareils reptiles ne rampaient pas sur les marches du pouvoir.

Un silence prolongé suivit cette déclaration. Les trois amis s'abandonnaient aux impressions de leur entretien, du milieu qui les enveloppait, de la situation d'esprit créée par le voyage. Lanze reprit enfin :

— Vous avez raison, sans doute, Nore; je ne saurais m'intéresser à la masse de ce qui s'appelle hommes. Je suppose que, dans le plan de la création, ces créatures ont une utilité, puisque je les y vois : elles nous gênent et nous les poussons. Mais je ne me figure et je ne vois rien de beau et de bon que sans elles. Le monde moral, enfin, est en tous points semblable à ce ciel étoilé dont s'arrondissent en ce moment les magnifiques profondeurs. Mon regard n'y découvre, n'y cherche, n'y veut voir que les êtres étincelants qui, le front couronné de scintillements éternels, se groupent intelligemment dans les espaces infinis, attirés, associés, par les lois d'une mystérieuse et irréfragable affinité. Je sais qu'en dehors de ces astres, l'atmosphère entière sans en laisser libre et vacant un seul point, est remplie, saturée d'existences invisibles à mes yeux. Tantôt c'est le bolide éteint qui sillonne le silence et va porter dans quelque recoin des abîmes inconnus un reste de matière, un souffle impur de soufre et de gaz délétères; tantôt ce sont les myriades d'animalcules propagateurs de la peste et du typhus, tantôt les nuages de sauterelles qui, d'un continent à l'autre, promèneront la stérilité, la destruction, la famine et la mort. De toutes ces forces ignobles ou malfaisantes, je ne tiens nul compte; mon regard, mon affection, mon respect, mon attendrissement, ma curiosité ne s'attachent qu'à ces êtres lumineux entre-croisant leurs pas dans les courbes célestes; je ne m'associe qu'à ces intimités dont je les vois si occupés : constellations, réunions, groupes, soit fixés, soit errants, cela seul est digne d'admiration et d'amitié, et je trouve bien naturelle et bien juste cette idée présente, toujours, dans tous les siècles, sous toutes les formes de sociétés, sous toutes les conditions d'existence et avec toutes les lois religieuses, à la pensée des honnêtes gens, des gens de conscience et de puissance, des hommes qui savaient penser et exécuter, et qui n'ont jamais manqué en s'isolant de la foule de se qualifier de pléiade.

— Sans compter, ajouta Nore, que s'ils ont omis de le faire, on n'a pas manqué de le faire pour eux. Oui, Lanze, il n'est sage, il n'est bon, il n'est sain que de s'attacher à ce qui vous ressemble et de laisser aller le reste, comme indifférent, ennemi, ou dangereux. On peut, à l'occasion, user de générosité avec ce reste, mais de générosité seulement; et maintenant, s'il vous plaît, descendons de ces hauteurs. La nuit s'avance, il serait ridicule de prolonger trop longtemps dans la matinée le repos auquel nous avons droit. Comme nous errions dans les limbes depuis ce matin, aucun des trois n'a demandé aux autres ce qu'il comptait faire demain. Il est temps de le savoir.

— Pour moi, répondit Laudon, je vais à Milan; je dois y trouver des lettres, et de Milan il est vraisemblable que je me rendrai sans presse à Burbach, pour y arriver vers l'automne.

— A Burbach? demanda Lanze, avec un accent manifeste d'intérêt. Y connaissez-vous quelqu'un?

— J'y connais le prince régnant, avec lequel j'ai eu l'honneur de chasser quelquefois; c'est lui que je vais voir.

— Moi aussi, j'irai, je pense, à Burbach, à cette époque, dit Conrad, après un court instant d'hésitation. D'abord je suis de cette ville, puis le prince m'a confié des travaux; quand j'aurai passé quelques semaines à Florence, je retournerai chez moi sans doute, j'y serai avant vous.

— Puisqu'il en est ainsi, s'écria Wilfrid Nore; je prendrai mon parti. Vous, Lanze, vous êtes un homme qui avez une occupation. Vous, Laudon, peut-être vous croyez-vous dans le même cas, ce qui revient presque au même; quant à moi, je ne nourris pas cette illusion. Rien ne m'oblige, à tourner à droite plutôt qu'à gauche, au midi plutôt qu'au septentrion; en conséquence, j'accompagnerai celui de vous deux qui voudra de moi, jusqu'au moment où ce guide indulgent jugera opportun de se rendre au rendez-vous que vous vous êtes assigné, et à cette heure fatale, je le suivrai docilement à Burbach. Ne vous étonnez pas autrement de ma résolution; le prince est mon cousin issu de germain, et je lui ferai volontiers une visite.

Cette révélation fit sourire les deux auditeurs, et Wilfrid Nore continua :

— Vous êtes certainement flattés l'un et l'autre d'avoir rencontré pour ami sur le lac Majeur uu personnage de mon importance. Convenez qu'il y a même quelque chose d'assez mystérieux dans ma tournure. Comment un Anglais, voyageant sans la moindre escorte et qui ne paraît pas d'ailleurs avoir beaucoup plus de suite dans les idées que dans son train de maison, ne possédant à la face du soleil qu'une valise assez mesquine, de dimensions exiguës et sur le coin de laquelle on lit encore à moitié déchiré le papier blanc portant le mot *maldonado*, ce qui prouve qu'elle arrive du Mexique, comment cet Anglais peut-il être le cousin issu de germain du puissant Jean-Théodore, prince régnant de Wœrbeck-Burbach? Avouez qu'il y a là de quoi tenir toute imagination qui sait son métier, la bouche ouverte, un pied en l'air et le bras tendu comme pour attraper des mouches.

— Eh bien ! qu'est-ce que cela signifie, s'écria Laudon, sinon que nous avançons naturellement vers le point où il nous faut aboutir de nécessité certaine? Pouvons-nous, où nous voilà, garder nos masques? N'est-il pas indispensable que nous nous connaissions davantage? Enfin, pour tout dire, ne sommes-nous pas à ce moment où nous ne pouvons ignorer une minute de plus pourquoi et comment nous sommes, vous, moi, lui, Calenders, fils de roi et borgnes de l'œil droit?

— Rien de plus juste ! repartit le gentilhomme anglais d'un ton tranchant.

Lanze alluma un cigare et se mit à son aise dans un fauteuil de canne :

— Je vois que nous ne nous coucherons pas de cette nuit; mais tout est si beau, ici, ciel et terre, que ce serait un crime d'y songer. Et maintenant, vous, Wilfrid Nore, commencez votre récit, nous vous écoutons de notre mieux.

Wilfrid Nore s'assit de côté sur la table, la main gauche fermée soutenant son corps légèrement incliné, la main droite ouverte appuyée sur la hanche, et les yeux fixés sur ses deux amis, il s'exprima en ces termes :

— Je suis né à Bagdad....

Avant de suivre plus loin le narrateur, il est nécessaire de prendre une précaution qui va donner au chapitre suivant la forme et la portée les plus avantageuses.

CHAPITRE III

HISTOIRE DU PREMIER CALENDER FILS DE ROI

Wilfrid Nore raconta bien à Laudon et à Lanze la vérité vraie sur lui-même, mais il ne leur confia pas toute la vérité. Loin de là, il n'eût voulu pour rien au monde laisser pénétrer personne dans les recoins de son existence personnelle, de sorte qu'il s'en tint uniquement à l'énumération des faits extérieurs. Je dois dire que lorsqu'il eut terminé ce qu'il jugea convenable d'exposer, Lanze l'imita consciencieusement dans ses réticences, de sorte que, pour n'indiquer qu'une partie du terrain principal de leurs réserves à tous deux, on eût pu croire, on eût dû même rester convaincu, quand ils eurent fini, qu'ils n'avaient jamais de leur vie, ni l'un ni l'autre, regardé une femme.

Laudon ne fit pas comme eux. Sur tous les points, il se piqua d'être très explicite. Mais, comme en ce moment ce qui nous importe, c'est de connaître à un degré égal les personnages de cette histoire, de les connaître à fond, de les pénétrer complètement, de nous emparer de ce qui est à eux et d'eux, nous traiterons, avec le dernier dédain, l'impuissante trahison dont Nore et Lanze ont la prétention d'user ici vis-à-vis du lecteur ; nous irons chercher leurs secrets dans le fin fond de leur âme, dont les contractions sournoises ne pourront rien nous dérober ; nous leur arracherons ce qu'ils veulent retenir, et afin de les châtier plus sensiblement de leur manie inopportune de dissimulation, nous leur ferons déclarer, à l'un et l'autre, non pas ce qu'ils ont avoué, mais ce qu'ils sentaient et savaient d'eux-mêmes au moment où ils ont parlé. C'est ainsi que dans un conte du dernier siècle, appelé *le Palais de la Vérité*, les visiteurs de ce malencontreux monument ne pouvaient rien garder sur leur langue. Tout partait ; les malheureux se compromettaient à cœur-joie. Seulement, ici, le lecteur seul verra à la fois les deux côtés de l'étoffe : dans l'auberge de l'Isola Bella, les auditeurs n'ont entendu ni su que ce que le narrateur a bien voulu leur confier.

Ainsi donc, Wilfrid Nore dit et pensa ceci :

Je suis né à Bagdad, où mon père avait été envoyé pour les affaires de la Compagnie des Indes et où il résida longtemps. Je vous parlerai peu de lui ; mais encore faut-il que vous en sachiez quelque chose. Frère cadet de lord Wildenham, il était entré jeune au service militaire de cette association de marchands que les Hindous prenaient pour une vieille dame, dont ils admiraient la prodigieuse longévité; ils demandaient volontiers de ses nouvelles, quand l'occasion s'en offrait. Mon père devint lieutenant-colonel, réalisa une belle fortune et gagna une maladie de foie qui lui gâta le caractère. Ma pauvre mère, morte jeune et deux ou trois ans après ma naissance, en avait éprouvé, je crois, quelque chose. Cependant je ne saurais dire que pour ma part, j'ai eu trop à m'en plaindre; car, par une rencontre rare dans les familles anglaises de quelque considération, je n'ai jamais été brouillé avec l'auteur de mes jours, comme lui-même l'avait été avec mon grand-père et continua à l'être avec son frère aîné, au moyen d'une suite non interrompue de mauvais procédés qui, se poursuivant des deux parts avec la plus édifiante fermeté, ne se termina qu'à la mort de l'un et de l'autre. On doit supposer que les générations actuelles ont beaucoup dégénéré de l'humeur belliqueuse de leurs ancêtres, car je n'ai jamais cessé d'être fort lié avec mes cousins qui m'ont donné des marques d'amitié depuis que nous sommes entrés en relations.

Vous autres Français, mon cher Laudon, vous vous êtes fait, de vos voisins d'Angleterre, un type, assurément le plus bizarre et le plus faux et qui répond le moins à la réalité des choses. Pour vous, un Anglais est un être ridicule, manquant de goût, original, dites-vous, mais, de fait, niais dans sa conduite, ne s'habillant comme personne, ne s'amusant comme qui que ce soit et d'une froideur au-dessus ou au-dessous de toute comparaison. Le sentiment des arts lui est à jamais interdit; si, on objecte que, dans aucun lieu du monde, il n'existe de plus riches collections de statues et de tableaux qu'en Angleterre; que, nulle part, on n'écrit plus de poésies, vous avez une réponse facile, et vous alléguez couramment les effets de l'orgueil britannique, réponse qui vous semble péremptoire.

Mais, en maltraitant si fort nos grâces, vous nous douez d'une sagesse suprême. Nous possédons, suivant vous, une raison solide qui nous fait d'abord démêler notre véritable intérêt; on nous connaît la plus belle des constitutions politiques, et notre unanimité à la défendre est complète comme aussi notre soumission éclairée à la loi. Enfin pour couronner l'édifice, rien n'égale l'amour grave et didactique que nous portons aux êtres légitimement désignés à notre affection.

Ah ! mes pauvre amis, que vous êtes à côté de la vérité ! On découvrirait à peine un Anglais bien élevé exempt de la fureur des beaux-arts, et c'est pourquoi nous couvrons l'Italie de nos invasions annuelles. Nous sommes les gens les plus passionnés du monde et les plus foncièrement esclaves de notre premier mouvement. On le voit assez à notre histoire, pandémonium de violences et de crimes absurdes toujours commis sans réflexion. Notre respect pour la loi ne nous jamais empêchés d'être le pays le plus insurrectionnel, je ne dis pas le plus révolutionnaire, que le soleil éclaire; notre amour de la famille se manifeste par l'intervention

des clubs où nous passons notre vie, et, bref, il y a
plus d'écarts de fantaisie individuelle dans notre
conduite privée et publique que chez aucune autre
nation du monde. Quant à être ridicules, cette
opinion prouve simplement que nous sommes faits
autrement que vous et ne mérite pas la discussion.

Je fus élevé au milieu des domestiques indiens
et portugais, des cipayes, des marchands arabes
et persans, de toute cette population musulmane,
juive, chrétienne, bariolée de tant de peaux différentes et de costumes hétéroclites, qui peuple
l'ancienne capitale de Haroun-Al-Raschid. Aussitôt que je fus capable de réfléchir et de comparer,
je pris ce monde en mépris et rien, assurément,
n'était plus naturel, puisque je voyais chaque
jour, dans les grandes comme dans les petites
affaires, la distance qui séparait le résident, et
même le moindre lieutenant anglais, du plus
fastueux des dignitaires indigènes. Quoi ! le pacha
lui-même, le chef de la province, n'avait qu'à dire
amen quand, de notre maison, partait une injonc-
tion quelconque ! Cette première éducation, je
l'avoue, ne m'a pas donné une haute idée de la
valeur intrinsèque du dogme de l'égalité; mais
elle m'inspira, pour l'Angleterre et pour ce qui est
anglais, un amour, un culte, une vénération, un
attachement !... Je ne sais trop comment définir,
d'une manière tant soit peu suffisante, la ferveur
patriotique dont je fus graduellement saisi. L'Angleterre, c'était moi; puis c'était un rayonnement
qui, sortant de ce point central, englobait ma fa-

mille et les miens; ensuite, me transportant en imagination au sein de nos domaines héréditaires, que je n'avais jamais vus, je me figurais nos fermiers, nos tenanciers, et je les entourais d'un véhément amour. J'entrais dans leurs cottages tapissés de lierres; je les voyais, je les connaissais, eux, leurs femmes, leurs garçons, leurs filles, jusqu'aux marmots de cinq ans dont mon imagination amoureuse des détails et puissante à se les exprimer, me montrait les mains tendues vers le goûter distribué par la ménagère, et rien ne m'échappait du mobilier rustique de la chaumière comme du luxe pompeux du château. Les souvenirs d'enfance demeurés dans la mémoire de mon père m'étaient d'inestimables archives dont je me demandais sans cesse à connaître les moindres minuties. Je savais le jour où cinquante ans en çà, le palefrenier James avait cassé la lanterne de l'écurie, ce qui avait déterminé chez le sommelier Ford une horrible explosion de colère, et ce qui s'en était suivi. Sur ce thème, je ne me lassais pas d'appliquer des méditations profondes.

A la famille, à ses dépendants, je rattachais les gens du comté, et, de proche en proche, les habitants des trois royaumes se trouvaient rassemblés au complet dans ma tête sous les rayons caressants d'une sympathie, la plus affectueuse, la plus tendre, la plus passionnée que l'on puisse imaginer.

Le pays habité par cette race heureuse, par cette nation d'élite, ressemblait prodigieusement au paysage que je m'étais fait du Paradis terrestre.

En tout cas, elle n'avait rien, absolument rien de commun avec la contrée éclairée autour de moi par le soleil asiatique. Des récits de mon père, homme, d'ailleurs, peu sensible aux impressins de la nature, et conséquemment médiocrement descriptif j'avais composé des fonds de tableaux qui se perfectionnèrent graduellement par la contemplation assidue des dessins, des gravures, des peintures, amenés sous mes yeux par le hasard, et ce que j'appelais avec exaltation ma bonne fortune, de sorte que, non seulement le peuple anglais était le premier des peuples, mais l'île de la Grande-Bretagne était aussi la plus pittoresque, la plus imposante et la plus délicieuse des régions habitées.

Je n'ai pas besoin de vous dire qu'avec une pareille tournure d'esprit, je lisais beaucoup, et ce que je lisais de conforme à mes préocupations se gravait dans ma mémoire et faisait gagner en précision les formes de mon univers. Si j'était né à une époque où les enfants n'avaient pas sous leurs mains la foule de livres qu'on y met aujourd'hui, je l'avoue, je ne sais quel homme j'aurais pu devenir. Je suis uniquement un produit des livres; j'ai vécu dans eux et par eux. Je n'avais pas sept ans que tout ce que j'éprouvais me venait du papier et de l'encre. Il est probable qu'en l'absence de cette nouriture si adéquate à mon tempérament, je n'aurais jamais acquis un degré de vitalité intellectuelle quelconque, Je dois donc bénir mon heureuse étoile d'être ainsi apparue au milieu d'un monde propre à me sustenter. Mais, pour revenir à l'examen de moi-même, sachez que, de mes lectures, livres d'histoire, romans, romans surtout (dévorés, dès mon jeune âge, avec une faim insatiable), conversation avec mon père, questions sans fin dont je poursuivais mes compatriotes, il était résulté que je ne voyais de l'Angleterre et de la vie anglaise, et que je ne voulais en voir autre chose, que le poème, et nullement la réalité. Ce n'étaient pour moi que chevaliers normands, hommes d'armes des deux Roses, puritains et cavaliers, généreux jacobites, des squires chassant et trinquant, des fermiers loyaux, des orateurs ardents, convaincus, majestueux, remplissant des accents de leur sagesse les voûtes de la Chambre des lords, ou faisant tressaillir d'enthousiasme les communes profondément remuées. Les livres de Dickens n'existaient pas alors, et, s'ils avaient existé et que je les eusse lus, ils n'auraient pas fait la moindre impression sur mon optimisme obstiné.

Quand j'eus atteint dix-huit ans, un changement sensible s'opéra dans la nature de mon rêve. Jusqu'alors les grands personnages ou les vertueux inférieurs avaient absorbé la somme entière de mes sympathies. C'étaient de ces seules individualités que je peuplais mes forêts, mes bruyères favorites, et je n'apercevais qu'elles dans les salles hautes des manoirs féodaux, aussi bien que dans les chambres lambrissées de chêne de mes bourgeois. Enfin je m'étais intimement lié avec Ivanhoe,

Gurth et Robin Hood; je ne m'étais pas encore aperçu de la présence de Lady Rowena.

Je commençai à y songer, et ce fut ainsi que je sortis du domaine expérimental de l'histoire positive, pour compléter mon éducation par un cours de métaphysique.

Je me demandai, avec un intérêt que chaque jour faisait croître, ce qu'au fond signifiait cet attrait singulier dont les femmes paraissaient être douées, et qui déterminait chez les Européens une explosion de sentiments si étranges. Le seul besoin de la propagation et du maintien de l'espèce humaine ne requérait pas tant d'appareil. Je voyais assez comment on s'y prenait autour de moi pour parer à ces nécessités. On épousait une fille de bonne maison ou bien on achetait une esclave au marché; dans les deux cas, on claquemurait son acquisition dans un harem, d'où un enfant, deux enfants, trois enfants sortaient à une époque déterminée, et il n'en était pas autrement question. Je voyais bien, par les poésies du pays, qu'il était naturel et aimable d'adresser aux belles personnes une demande à laquelle on attachait, dans le moment, beaucoup d'importance. Mais je voyais aussi que les gens sérieux, de sens rassis, qui ne buvaient pas de vin, qui ne fréquentaient pas la société des danseuses, traitaient ces sortes d'affaires tantôt avec une raillerie méprisante, tantôt avec des éclats de colère dont les livres saints de toutes les sectes donnaient également le ton. Quoi de plus éloigné de l'amour?

J'avais lu jusqu'alors, je viens de le dire, beaucoup de romans; j'en dévorai davantage en y cherchant toute autre chose que par le passé; la passion de la poésie me prit à la gorge presque en même temps; je ne me bornai pas à pâlir nuit et jour sur Byron et sur Wordsworth; je me sentis forcé de reproduire sous la conduite du rhythme et de la rime, mes impressions personnelles qui me parurent n'avoir absolument rien de commun avec ce que l'humanité la plus raffinée avait senti jusque-là, et, fort de la conviction de mon originalité absolue sous ce rapport, ne doutant pas d'avoir découvert de nouvelles sources de sensibilité, j'osai me persuader dans mes vers que, non seulement je connaissais une certaine Sylvia dont les perfections anglaises étaient indescriptibles, mais encore que je l'aimais avec toutes les délicatesses dont moi seul étais capable, et, je le confesse en rougissant, que j'en étais, à la lettre, idolâtre ! Si quelque chose peut être allégué pour mon excuse, c'est que, sans cette dernière fiction, je n'aurais absolument pas pu décrire les délices ineffables dont je savais, de science certaine, qu'une âme d'élite est inondée par les aveux mutuels d'un amour vertueux.

C'est ce que je communiquai à mon ami Georges Coxe, aspirant à bord de l'aviso à vapeur de la Compagnie « *Sutledge* », en station à Bagdad. Je trouvai quelques inconvénients à lui avouer la vérité pure sur Sylvia, et je préférai lui élaborer une histoire en vertu de laquelle mon héroïne était fille unique d'un major qui, revenant de l'Inde,

avait passé chez nous, afin de visiter Alep et Damas.
Elle était restée un mois à la Résidence, et ce mois
avait plus que suffi pour amener tous les incidents
que je lui racontais. Il y aurait eu, en bonne conscience, de quoi défrayer dix ans des amours les
plus mouvementés et les plus affairés. Mais Georges
Coxe, le brave garçon, était si pénétré de l'exaltation de mes récits, qu'il en pleurait, et je lui avais
décrit d'une manière si minutieuse la personne
de Sylvia, depuis ses cheveux blonds bouclés et ses
yeux bleus mourants jusqu'à ces deux fossettes
agréables dont sa joue était caressée, qu'il m'écrivit
trois ans après, de Londres, où il était en congé,
qu'il avait rencontré ma belle dans le Strand,
l'avait suivie, s'était informé de ce qui la concernait,
avait appris que, depuis six mois, elle était mariée
à un avocat, et il me suppliait de lui pardonner,
ce que j'ai fait.

Pour le moment, rien ne pouvant me donner lieu
de pressentir une si terrible infidélité, je n'entre-
tenais Coxe que du bonheur de ma passion et des
tourments de l'absence. Il me fallait absolument
parler d'amour, attendu que je ne pensais pas à
autre chose. J'étais charmé de développer mes sentiments, d'abord à moi-même, ensuite à un audi-
teur qui me faisait l'honneur de les comprendre.
Pourtant je n'aurais pas été fâché que mon ami
possédât, de son côté, quelque expérience dans la
matière, et pût me faire telle communication où
j'aurais trouvé de quoi allonger le rayon de mes
idées. Malheureusement, le pauvre enfant n'avait

eu guère d'occasions de conquérir des cœurs. Outre que le ciel l'avait créé assez laid et d'une timidité outrée, il passait sa vie depuis l'âge de dix ans à croiser sur toutes les côtes de l'Inde. De son existence entière, il n'avait dit trente mots de suite à une femme européenne. Pourtant il lui était arrivé ce qu'il considérait comme une aventure. Étant tombé amoureux, à Madras, d'une native de douze ans, extrêmement jolie, bien que très brune de peau et danseuse dans une pagode, il avait entrepris de la moraliser avec quelque espoir de l'amener jusqu'au baptême. Il entrevoyait de grands contentements dans l'exécution d'une pareille œuvre. Par malheur, la néophyte était partie le troisième jour de la prédication avec un conducteur d'éléphants. Tout cela ne pouvait m'apprendre grand'chose. Il n'en est pas moins vrai que Georges Coxe était marqué par la destinée comme devant être mon initiateur dans une vie nouvelle.

Je l'avais conduit un jour à un campement de Mountefiks. Après avoir chassé avec les Arabes, nous rentrions en ville au coucher du soleil, quand, dans une rue étroite, nous fûmes arrêtés par un concours de portefaix chargés de paquets. Nous considérions l'apparence évidemment européenne de ces malles, de ces coffres cloutés, des sacs de nuit innombrables et des caisses de bois chargées de lettres noires, quand, à la queue de la procession, apparut un monsieur, tête vénérable, coiffée d'un chapeau à larges bords, avec de longs cheveux blancs bouclés, une cravate de même couleur, un ample habit noir, un gilet et des pantalons pareils, un clergyman, en un mot, certainement un missionnaire. Il n'est pas rare à Bagdad, ni dans aucune des principales villes d'Asie où existent des autorités britanniques, de rencontrer un fonctionnaire de cette espèce, ministre protestant ou agent des sociétés bibliques. Celui-ci donnait le bras à une dame complètement cachée par son chapeau de paille à larges bords et son voile vert, et aussitôt que Georges Coxe eut regardé le personnage, il arrêta tout court son cheval, fit signe à un de nos domestiques de venir prendre la bride, mit pied à terre, s'avança vers le vieux monsieur et vers la dame et dit d'une voix posée :

— Bonjour, mon père, comment vous portez-vous? Harriet, j'espère que vous êtes bien? Mon père, monsieur Wilfrid Nore! Wilfrid, mon père! Harriet, monsieur Wilfrid Nore! Wilfrid, ma sœur Harriet!

Les présentations convenables accomplies de cette façon avec la tenue de rigueur, Georges continua en ces termes, M. Coxe n'ayant pas prononcé une seule parole, et s'étant contenté de secouer fortement la main de son fils, en levant les yeux au ciel :

— Vous arrivez du pays des Birmans, mon père?

— Sans nul doute.

— Vous venez résider ici? poursuivit Georges.

— Assurément; quand vous aurez le temps, il me sera agréable de vous voir. Je demeure dans cette maison où sont entrés les porteurs. Monsieur Nore, si vous accompagnez mon fils, je vous recevrai avec plaisir.

Je saluai, et nous nous séparâmes. Je n'avais pu découvrir un seul trait de miss Harriet; seulement, elle était jeune, j'en étais certain, et gracieuse, j'en étais sûr ! Elle était gracieuse, elle était jeune, elle était Anglaise, Anglaise non pas d'Asie, des colonies ou de Malte, mais Anglaise d'Angleterre ! Je me fondais dans une sorte de ravissement intérieur, qui m'ôtait toute force nerveuse. Je me serais assis à terre pour un mot ! J'aurais crié, j'aurais pleuré, j'aurais ri, j'aurais fait toutes les extravagances imaginables pour peu qu'on m'en eût prié. Je me débarrassai le plus promptement possible, et sous le plus mauvais prétexte venu, de mon meilleur ami, dont la présence m'était insupportable, et j'allai m'enfermer dans ma chambre.

— Qu'est-ce que ceci? me dis-je.

Je tombai dans une profonde mélancolie. La nuit arriva, et je ne dormis guère; mais je sentis, pour la première fois, la puissance de ces rêveries nocturnes par lesquelles tout, jusqu'à nos propres sentiments, se transforme au gré de la plus malsaine exaltation. J'attendais le jour, je m'en souviens, avec une ardeur extrême, persuadé que, dès l'aurore, j'allais être libre de me précipiter chez le Révérend Coxe et de contempler sa fille, qui comprendrait à merveille, ainsi que son père, l'opportunité de cette visite matinale.

Heureusement, ces sortes de folies sont guéries par les premiers rayons du soleil. Je me calmai quand je les vis paraître, et j'attendis, non pas sans piétinements intérieurs, mais enfin j'attendis sagement que Georges vînt me chercher pour faire une visite régulière.

Nous trouvâmes le missionnaire occupé à s'établir dans sa nouvelle demeure. Le marteau à la main, il enfonçait des clous pour suspendre des cadres à la muraille. Par moments, transformant son instrument de travail en bâton de commandement, il indiquait du geste les différentes parties de la maison où il convenait de placer une armoire, une table, des châssis. Absorbé dans sa tâche, il nous accorda peu de minutes; Georges se consacra à lui donner de l'aide, et moi, je m'attachai aux pas de miss Harriet et lui servis de second dans le classement du linge. Le moment est arrivé de vous dire qu'elle était médiocrement jolie et plus âgée que moi de quelques années; mais une distinction extrême donnait du prix à toute sa personne. Sa figure, un peu maigre, était expressive à un degré souverain; elle avait de la dignité, et je ne m'étais nullement trompé, au premier abord, en lui trouvant de la grâce. Je crois qu'elle n'aurait pas eu de grâce, que toute distinction lui eût manqué, et que ses yeux noirs admirables eussent été les plus insignifiants du monde, que j'en serais toujours devenu amoureux, par la raison que j'avais dix-huit ans, que mon cœur était affamé, que mademoiselle Sylvia, avec toutes ses perfections sublimes et ses bontés infinies, ne me suffisait pas du tout, et qu'enfin, raison sans réplique, je ne connaissais absolument pas d'autre femme. Je fus donc transporté au plus éthéré des sphères célestes pendant que j'allais d'une chambre à l'autre, distribuant le contenu des malles, suivant les indications de l'ange qui venait de descendre au milieu de ma vie.

J'ai appris, depuis ce temps-là, que c'est une règle tracée en caractères ineffaçables sur les douze tables d'airain de la nature, qu'il n'est permis à aucun adolescent de s'éprendre pour la première fois d'une femme, si elle n'est pas son aînée. Je ne saurais dire la raison de cette ordonnance; mais la loi existe, elle est impérieuse, et, sans m'en douter j'y obéissais. Quoi ! sans m'en douter? J'en étais tellement loin, que je m'imaginai cette circonstance comme une des plus remarquables de ma destinée, et j'y vis un dernier trait par la grâce duquel j'achevais de me singulariser au milieu du troupeau des humains, de sorte qu'au lieu d'en concevoir le moindre souci, quant à la légitimité de ma passion, j'y vis, au contraire, une raison de plus, une raison flatteuse pour m'y abandonner tout entier. Je n'ai pas besoin de vous assurer qu'à dater de ce jour mille fois béni, soit avec Georges, soit tout seul, soit le soir, soit le matin, à toute heure enfin, je ne sortais plus de la maison de M. Coxe que pour y rentrer.

CHAPITRE IV

SUITE DE L'HISTOIRE DU PREMIER CALENDER
FILS DE ROI

Le missionnaire n'était ecclésiastique à aucun
degré. Issu d'une bonne famille, il s'était mis dans
le commerce, où ses goûts ne l'attiraient guère,
et y avait mangé son bien. Pour se refaire, il s'était
marié à la quatrième fille d'un lieutenant irlandais
en demi-solde, et cette excellente femme, sentant,
au bout de quelques années d'une existence très
médiocre, que son époux n'avait pas pris en la
choisissant le meilleur chemin pour arriver à la
fortune, se laissa mourir, sans doute par dévouement, en donnant le jour à Georges. Le malheureux Coxe comprit mal le service éminent que lui
rendait la pauvre Kate. De chagrin, il faillit aller
la rejoindre. Ses maigres ressources, qui ne pro-
venaient que d'un métier précaire d'agent subal-
terne d'une compagnie d'assurances contre les
épizooties, ne lui permettaient ni un splendide

logement, ni un nombreux domestique, dans la petite ville du nord de l'Angleterre où il s'était retiré après son mariage. Il n'avait, pour soigner le baby, qu'une servante de douze ans, de sorte qu'en réalité il en prenait soin lui-même, et, pour montrer les choses sous leur vrai jour, Molly lui était si d'une complète inutilité, qu'il l'eût renvoyée sans doute, et la raison le lui conseillait; mais que fût devenue Molly, orpheline de père et de mère? De sorte que Coxe dirigeait Molly et Harriet. On le voyait, quand il faisait beau, se promener par les champs en tenant l'enfant au maillot entre ses bras, Harriet marchant à son côté, et enjoignant d'une voix paternelle à Molly de ne pas s'éloigner dans le but trop évident d'aller voler des pommes.

J'aurais conscience de vous induire en tentation de faire des sottises, si j'avais l'air de vous insinuer que la Providence protège les excentricités; il arriva pourtant que quelques personnes furent touchées de la façon de vivre de Coxe. On en parla dans les bonnes maisons du pays; une dame, connue pour son exquise sensibilité, en fit même une romance, ce qui contribua plus à la gloire du patient qu'au perfectionnement de son ordinaire, et, enfin, un architecte qui connaissait un évêque, obtint de ce prélat de recommander Coxe à un constructeur de navires, lequel parla avec chaleur à un directeur de théâtre, et celui-ci s'adressa à une danseuse; la danseuse insista auprès d'un vieux général; le héros laissa tomber quelques paroles dans l'oreille d'un antiquaire, et c'est ainsi que la proposition fut faite à Coxe de se charger d'aller répandre la connaissance du livre saint parmi les populations encore très arriérées, malheureusement, de la patrie septentrionale du royaume d'Ava.

Quand cette brillante ouverture fut présentée au pauvre veuf, il était à la tête d'une somme de deux shellings six pence, et, de plus, il devait son loyer. Comme sa compagnie d'assurances contre les épizooties avait omis de s'assurer elle-même contre la déconfiture, elle venait de tomber en faillite, de sorte qu'une fois les deux shellings six pence dévorés, ce qui ne pouvait pas prendre beaucoup de temps, Coxe ne savait absolument ce qu'allaient devenir Georges, Harriet, Molly et lui.

Il accepta donc avec une gratitude exaltée l'emploi qui lui était offert, attendri jusqu'aux larmes par la sollicitude de la Providence, indulgente au point de ne l'envoyer chercher son pain qu'au bout du monde, quand il lui aurait été si facile de le laisser aller au diable, et il partit. C'est ainsi que, sans l'avoir jamais ni prévu ni voulu, il devint distributeur de Bibles; et j'ai remarqué, depuis lors, combien c'est un effet ordinaire de notre grande civilisation, et je dirai même un de ses effets les plus constants, que de secouer si bien les hommes dans le sac de la nécessité, comme des numéros de loterie dans le leur, qu'ils vont, le plus généralement, tomber la tête la première sur des professions où leur instinct ne les eût portés en aucune sorte. De là des prêtres qui sont des furibonds, des guerriers qui feraient mieux de paître les brebis, des poètes inspirés comme des mécaniciens, etc.

Les gens malheureux deviennent ridicules; c'est, à peu près, ce que voulait dire Plutarque, en affirmant que les plus grandes âmes perdaient de leur magnanimité dans l'esclavage. Coxe était donc un peu ridicule; mais il avait du sens, un savoir étendu, de la fermeté, de l'honneur, et je n'ai plus à parler de sa bonté. Il remplit très bien les fonctions dont il était chargé. Les sociétés bibliques ont établi leur système sur cette notion que nul ne saurait lire l'Ancien et surtout le Nouveau Testament sans en être charmé, quel que soit, d'ailleurs, le milieu intellectuel dans lequel le lecteur a vécu, jusqu'au moment où le volume divin tombe entre ses doigts blancs, jaunes, rouges ou noirs. Par conséquent, il importe de répandre le livre dans un nombre d'exemplaires aussi grand que possible; Dieu fera le reste. Par un raffinement de précaution, dernier terme où la sagesse humaine reconnaît devoir s'arrêter, on traduit l'ouvrage à peu près dans la langue du pays où on a l'intention de le déposer. C'est, généralement, l'effort de quelque philologue spécial, doué de plus de zèle que de grammaire. Il en résulte des effets de style dont les littérateurs indigènes sont consternés; peu importe, la Grâce est censée veiller, et le miracle doit s'accomplir.

D'ailleurs, les distributions se font avec une

extrême facilité; les peuples de l'Asie, un peu rétifs à l'abord, et n'acceptant le précieux volume que du bout des doigts, savent maintenant fort bien le solliciter; ils en font les commandes les plus considérables. Les Chinois s'en servent en guise de tuiles pour les maisons; les Persans, plus littéraires, appliquent les reliures à l'habillement de leurs propres livres. Ce n'est de quoi décourager personne. La Grâce peut gîter dans le feuillet détaché que le vent fait tournoyer par les champs et plaque à la fin sur une eau stagnante; de là il lui est facile, si elle le juge à propos, de sauter aux yeux du premier couly venu pour remplir son seau. Dans cette espérance fort naturelle, nos populations anglaises donnent leur argent, les sociétés bibliques donnent leurs places, les agents vivent à l'aise, et même richement, sur tous les points du globe, et notre corps consulaire recrute dans leurs rangs des représentants du Royaume-Uni, qui, généralement, n'ont aucune des qualités de M. Coxe.

Celui-ci éleva bien ses enfants, fit entrer Georges dans la marine de la Compagnie et maria Molly à un tambour-major du 119e régiment des cipayes du Bengale.

Quant à Harriet... elle consentit à m'apprendre l'italien et le portugais ! Toujours elle était occupée; chaque fois que j'arrivais, elle avait en main quelque ouvrage; ou bien elle cousait, ou bien elle rangeait, ou bien elle lisait. Je ne lui ai jamais vu de tapisserie ni de broderie, et elle m'avoua, une fois, que ce qui ne servait à rien ne l'intéressait pas. Elle tenait le Camoëns ouvert sur une table et nous lisions :

> E, tu, Padre Oceano, que rodeas
> O mundo universal e o tens cercado,
> E com justo decreto assi permittes
> Que dentro vivam so de seus limites...

« Et toi, père Océan, qui entoures le monde et, de toutes parts, le tiens enserré, et, par un juste décret, permets aussi que je vive en dedans de ses limites. »

Elle m'apprenait à prononcer cette langue si noble dans les pages enflammées du vainqueur de Diu, si jolie à contempler des yeux, et qui, dans sa bouche, me semblait le plus délicieux des gazouillements, et, un jour qu'elle tenait le volume sur ses genoux et me faisait répéter une partie du sixième chant, que j'avais voulu apprendre par cœur, j'étais assis vis-à-vis d'elle, tout près et presque à toucher les plis de sa robe; j'étais là, la tête basse, mes cheveux tombant comme un voile sur mon visage que je désirais lui cacher, et, quand j'arrivai à la stance cent quatre et que j'eus dit ces deux vers :

> Ella che prometteo, vendo que amavam
> Sempiterno favor em seus amores...

« Elle lui promit, voyant que j'aimais, une faveur éternelle dans ses amours... »

je m'arrêtai.

— Avez-vous oublié le reste? me dit-elle.

— Non, répondis-je, et si faiblement que je ne sais si elle m'entendit. En tout cas, elle se tut à son tour, s'appuya sur le dos du fauteuil et le livre tomba à terre.

Je ne le ramassai pas. Nous restâmes silencieux un grand moment. Puis, je me hasardai à la regarder. Je rencontrai ses yeux qui se fixèrent aux miens. Une larme y roulait, se détacha et descendit sur sa joue. Je voulus lui prendre la main ; elle la retira, mais sans vivacité. Je n'osai faire plus.

— A quoi bon ? me dit-elle.

— A être heureux !

Elle sourit avec une certaine amertume et ne me répondit rien. J'ajoutai alors :

— Voulez-vous ?

Elle me considéra encore, et très attentivement, puis elle parut réfléchir ; enfin, elle mit sa main sur la mienne en me faisant signe des yeux de ne point parler. Si mon cœur battait, vous le pouvez croire ! Tout mon être, toute ma vie m'abandonnaient pour se presser vers elle !

Après quelque temps, elle me demanda :

— M'obéirez-vous ?

— Jusqu'à la mort, et sans reculer jamais !

Elle sourit faiblement, et une certaine teinte rosée se répandit sur son visage. Elle était toute expression, toute pensée, elle était sublime !

— Eh bien ! voilà ce que je vous demande : Vous ne parlerez à personne de notre engagement ; ni à votre père ni au mien, ni à Georges, à personne, entendez-vous ?

— Pourquoi? Nous finirons pourtant par le déclarer?

— Quand le moment sera venu; moi seule j'en déciderai; voulez-vous?

Je n'étais pas content; j'aurais désiré aller crier par la ville que je me mariais, et, quant à des oppositions ou à des résistances, ou même à des défenses, il ne manquait que cela pour me faire dépasser le comble de la joie ! J'essayai de raisonner mais Harriet secoua sa tête adorée et me dit avec un sourire :

— Quoi ! nous ne sommes encore rien l'un à l'autre, et vous résistez déjà?

Je me soumis; cependant j'ajoutai avec un soupir :

— Est-ce tout?

— C'est tout..., me dit-elle, pour cet instant !

— Alors... vous m'aimez?

— Vous m'en demandez trop long, répondit-elle avec un air de tête qui me rendit fou. Je voulus lui saisir les deux mains et les presser sur ma bouche; elle s'y opposa en riant, et, dans ce moment, son frère entra.

Je conçus le mépris le plus absolu pour ces misérables gens qui aiment des femmes plus jeunes ou aussi jeunes qu'eux-mêmes ! Je comprenais qu'une fille de dix-huit ans ne pouvait avoir ni une beauté complète, ni une âme absolument éclose, ni un cœur tout ouvert, encore bien moins une intelligence accomplie ! L'ascendant de mon astre m'avait fait rencontrer ces mérites, et à quel

degré de perfection, grand Dieu ! Que j'aurais eu
d'attrait à raconter ma félicité à la terre entière !
Mais mon serment me retenait vis-à-vis des hommes
sans exception. Alors je le dis aux arbres, aux
plantes, aux chevaux, à mes chiens, aux étoiles,
aux étoiles surtout, et j'aurais voulu pouvoir
sangloter de bonheur sur le cou de la lune !

Chaque jour, Harriet devenait plus tendre et
plus affectueuse. Elle voulut savoir ce que j'avais
appris. Je lui racontai mes lectures; je lui exposai
mes idées, je tâchai de l'intéresser à mes préférences, et l'attention avec laquelle elle m'écoutait,
le soin qu'elle mettait à m'interroger, l'intelligence
merveilleuse qui lui faisait comprendre aussitôt
la portée de ce que je n'exprimais qu'à demi, me
donnaient de son affection la plus juste idée, en
même temps que chacun de nos entretiens ajoutait
à mon admiration pour ce que j'appelais alors,
et ce que j'appellerai toujours son génie. Ce qui me
surprit, c'est qu'en lisant mes vers adressés à
Sylvia, elle voulut connaître jusqu'aux plus
minimes détails de la biographie de cette jeune
demoiselle, et plus je lui en racontais, plus elle en
demandait, écoutant gravement ces récits, que je
ne pouvais poursuivre moi-même sans des éclats de
rire, et souvent, je la voyais me regarder d'un air
triste et réfléchir pendant que je lui expliquais ces
folies que chaque jour effaçait davantage, non seulement de ma pensée, même de ma mémoire.
Harriet ! Je la mêlais à ma vie; elle s'y prêtait de
plein cœur. Je ne m'aperçus pas alors, mais j'ai

bien reconnu depuis, que ses sentiments, ses croyances me pénétraient par chaque pore, et s'emparaient si bien de moi que je ne m'en suis jamais délivré. Dans les matières les plus délicates et les plus essentielles, elle me donnait, presque à mon insu, des lumières qui me les laissaient voir, juger et décider pour toujours, comme jamais je n'y fusse parvenu de moi-même; en un mot, elle prit sur moi une autorité sans limites, et, tandis qu'en mon âme je m'enorgueillissais et chantais hosanna de ce que j'avais conquis l'amour d'une femme, j'étais conquis.

Trois mois passèrent de la sorte. Notre unique sujet de querelle et qui amenait de ma part de fréquentes bouderies provenait de mon désir, de jour en jour plus prononcé, de publier notre engagement et de ses résistances de plus en plus positives. A mes raisons, aux argumentations infinies dans lesquelles je me plongeais et l'entraînais avec les supplications les plus véhémentes, elle avait coutume de répondre :

— Je vous soumets à une épreuve; si vous n'êtes pas capable de la supporter, ma confiance en vous est folie, elle s'évanouit et je renonce à vos promesses.

Alors je me taisais. Le régime des épreuves, des gages, des victoires remportées sur soi-même me paraissant le comble de la morale chevaleresque, je n'avais absolument rien à opposer aux prétentions d'Harriet. Mais cette existence merveilleuse ne pouvait pas durer éternellement.

Mon père me fit appeler un matin et me donna l'ordre de partir sous huit jours pour l'Angleterre où lord Wildenham, me dit-il, ce misérable ! voulait me voir.

— Les liens de famille, mon garçon, me dit le colonel, sont des choses sacrées ! On peut se détester réciproquement; il n'en est pas moins vrai qu'on a le même sang et cela ne saurait s'oublier.

Mes idées tombèrent dans un trouble, dans une confusion que vous concevrez aisément. J'étais saisi de désespoir, et, en même temps, exalté par l'appel de vingt trompettes triomphales qui me sonnaient aux oreilles, des fanfares de courage excité, de curiosité poignante, de promesses admirables. J'allais voir l'Angleterre, si j'y consentais; mais c'était consentir à me séparer d'Harriet ! Je fais tous les amants du monde juges de ma situation.

Je courus d'un trait auprès de ma conseillère, de mon idole ! Je tombai sur une chaise, j'étais pâle, pantelant, hors de moi. Je saisis sa main !

— Ah ! mon Dieu ! Qu'avez-vous, Wilfrid?

— Mon père m'envoie à Londres !... Il veut que je parte sous huit jours avec le courrier du Résident. Vous quitter ! mille fois mieux mourir ! Lord Wildenham veut me voir ! Je vous ai dit qu'il habite notre manoir de famille... Que faut-il répondre? Voulez-vous partir avec moi? Si vous m'aimez, Harriet, tout est facile et la douleur qui m'accable devient le comble de la félicité ! Partir, mais avec vous, de ce monde de sauvages, c'est passer des ténèbres dans la lumière.

Je crois que je fus éloquent; cependant Harriet resta inébranlable et opposa à ma fougue un secouement de tête patient mais résolu; quand je m'emportais trop, elle me regardait avec le plus doux et le plus affectueux des sourires, et levait un doigt en l'air. Alors, ma fureur tombait et je balbutiais au lieu de commander.

— Non, Wilfrid, non, dit-elle, vos discours ne sont pas raisonnables. Vous continuerez, vous me l'avez promis! à ne parler de nous à personne! Ce qui sera, sera; il n'est besoin, à cet effet, d'aucune déclaration emphatique et précipitée. D'ailleurs, vous m'avez juré de vous taire, et si Wilfrid me trompe, en qui puis-je croire? Puis vous partirez... Vous partirez dans huit jours!... Ne m'interrompez pas!... Comment! cette Angleterre que vous chérissez tant, votre pays, celui de vos braves aïeux, cette terre que vous appelez depuis que vous êtes au monde!... vous ne voulez plus rien faire pour elle?... être rien pour elle?... Vous l'oubliez?... Mais nous deux, dites-vous? Attendre vous est-il impossible? et si je ne veux d'engagement avoué qu'avec un Wilfrid digne de son nom, digne de lui-même, digne de moi, qu'avez-vous à répondre?

Moitié supplications, moitié commandements, l'autorité qu'elle exerçait sur moi obtint tout. Elle me connaissait si bien! Elle faisait jouer mes opinions, mes sentiments comme les touches d'un clavier et mon être entier agissait sous la pression de sa volonté, sans que j'eusse le pouvoir de m'en défendre. Il fut donc résolu que j'allais obéir, et, qu'en ce qui la concernait, notre amour resterait clos entre le ciel et nous.

Ai-je vécu, n'ai-je pas vécu du tout pendant cette semaine? Je l'ignore. Le temps s'écoula comme un rêve, et les heures, marchaient cependant avec des pieds de plomb. Quand je pris congé d'Harriet, alors, seulement, par une sorte de révélation subite, je compris qu'elle souffrait. Elle était pâlie, elle était maigrie.

— Que Dieu vous protège, Wilfrid, me dit-elle, et elle appuya son front sur ma poitrine.

J'étais dans un tel abattement moi-même, que j'avais à peine conscience de ce qui se passait. Pourtant, je le sentis, elle me pressait légèrement de ses deux mains et son front se trouva sous mes lèvres... Adieu !... J'entends encore ce mot et l'accent avec lequel elle l'a prononcé.

A dater de ce moment, je ne sais plus ce que j'ai fait : j'ai agi comme un somnambule. Je revins à moi au milieu du désert, galopant avec le courrier et l'escorte. J'étais entré dans la vie nouvelle, j'y étais entré, non pas comme je l'avais présagé autrefois, enseignes déployées et tambours roulants, mais contraint, poussé, jeté au milieu des splendeurs, me disais-je, ou des épines. Néanmoins, j'y étais, et à mesure que je me rapprochais de Beyrouth où je devais m'embarquer, mon profond chagrin se mélangeait davantage des questions que je m'adressais sur Wildenham et ses hôtes. Ne croyez pas que le souvenir d'Harriet se voilât le moins du monde. Il dominait tout; elle était trop maîtresse de mon âme, de mon esprit ; elle se retrouvait trop dans mes pensées, comme dans mes idées, pour qu'une préoccupation quelconque pût me détacher d'elle un instant. Je restai à Beyrouth quinze jours, attendant sa première lettre. La lettre arriva, et voilà ce que je lus :

« Vous m'avez bien aimée, Wilfrid, et le ciel vous en récompensera. Dans quelques semaines, dans quelques mois, le monde, ses nécessités, ses règles, ce qu'il a de bien, et jamais, j'espère, ce qu'il a de mauvais, s'empareront de vous. Des impressions d'autant plus fortes qu'elles seront plus absolument neuves, exerceront leur empire sur une nature sensible comme est la vôtre. Il ne serait pas bon que vous fussiez gêné par des débris de fleurs fanées. Je ne vous dirai pas que je vous rends votre parole ; je ne l'ai jamais acceptée. Je sais que vous penserez souvent à votre vieille amie. En ce moment, je suis chagrine de la peine que je vous cause, et vos larmes, cher, cher Wilfrid, tombent sur mon cœur. Mais, un jour, je sais aussi que je serai bien fière de n'avoir été pour vous ni un ennui, ni un obstacle, ni, peut-être, un remords. Laissez-moi me fortifier un peu de cette espérance. Écoutez-moi. Vous allez être bien fâché contrs votre pauvre abandonnée..... Ne voulez-vous plus l'aimer du tout ? Si vous avez le cœur trop gros, laissez passer quelques semaines, le moins possible, et, plus tard, quand vous serez devenu juste, revenez à votre sœur et parlez-lui de ce qui vous rendra heureux, et, encore bien plus de vos soucis.

« HARRIET. »

Cette lettre m'entra dans le cœur comme une lame de couteau. Chaque phrase me poigna. Mais je ne sais comment cela se fit : il me fut impossible de maudire la main qui m'assassinait. Au contraire, de l'excès du désespoir sortait l'excès de l'admiration. C'était Harriet, c'était bien elle ! cette noble créature, la plus digne d'être aimée et servie, la plus délicate, la plus intelligente que j'aie jamais rencontrée ! Elle a passé sa jeunesse dans le fond de la région la plus barbare et la plus abandonnée. Elle y a cultivé son esprit au delà des bornes communes, comme le rossignol qui cultive sa voix pour chanter dans le désert. Elle a été la mère, la servante de son frère ; elle lui a tout appris, elle lui a créé et accordé son état. Elle a rendu à à son père, avec usure, ce que le pauvre homme lui avait prodigué dans son enfance ; elle a trouvé, sur sa route, par hasard, un garçon de dix-huit ans, que son imagination entraînait peut-être à la dérive, elle en a fait, j'ose le dire, un brave homme, et, sans qu'il ait pu lui en coûter une rougeur, elle lui a fait connaître, de l'amour partagé, tout ce qu'il en saura jamais ; ô mes amis ! tout ce qu'il en existe de plus délicieux ! Hé bien ! à elle, qu'est-ce que le ciel lui a accordé en retour de tant de bienfaits répandus autour de ses pas ? Ma foi ! je n'en sais rien... probablement quelque chose... que ma vue ne saurait saisir... Oui... peut-être mon affection et ma gratitude; mais s'il avait daigné seulement l'appeler en ce monde quelques années après moi, au lieu de me la donner pour devancière, combinaison qui, j'imagine, ne lui eût pas coûté beaucoup, j'aurais pu prodiguer à cette créature céleste un bonheur si fidèle qu'elle eût considéré comme bien payé ce qui, je le crains, ne le sera jamais!

Ce que je lui dois surtout, c'est d'avoir eu pour première expérience qu'il existe des cœurs dévoués et des âmes héroïques. Les rencontres hideuses ou viles où je me suis heurté ensuite n'ont jamais prévalu contre cette conviction acquise; c'est celle-ci qui projette sur mon existence la lumière principale; Harriet m'a rassuré pour tout; elle m'a donné de la confiance pour tout. Je sais que je ne contemplerai jamais une autre Harriet; mais j'en verrai des copies plus ou moins approchantes et je trouve des Coxe et des Georges. Je ne veux pas me faire meilleur que je ne le suis; ce n'est pas tout d'abord que j'ai compris la grandeur de celle qui m'abandonnait. J'ai traversé les phases ordinaires en pareille aventure. Je me suis cru trahi, j'ai soupçonné de la coquetterie, de la perfidie, de la fausseté; ces crises nerveuses ont heureusement peu duré; elles sont parties pour ne plus revenir.

Néanmoins, je restai longtemps soucieux. Harriet me conseillait, dans ses lettres, de m'attacher à une occupation suivie et elle me proposa même plusieurs partis à prendre. Jusqu'à présent, je ne me suis pas décidé. Certes, quelque infatué que je fusse des mérites de l'Angleterre, je ne m'attendais pas précisément à saluer, en descendant du paquebot, Richard Cœur-de-Lion donnant le bras à lord Cecil; pourtant, j'étais moins préparé encore à contempler les décrépitudes dont je découvris au bout de quelque temps les traces répugnantes. J'avais rêvé la vie politique; l'aspect des choses me repoussa. Je ne suis pas d'un âge à avoir pris un parti définitif; pourtant, je me sens peu entraîné : il faudra du temps pour me résoudre; en attendant, je voyage. J'étais l'année dernière à la Plata, j'arrive maintenant du Mexique; je visite le nord de l'Italie avec vous et, avec vous, j'irai saluer mon auguste parent en Allemagne. Harriet me presse de me marier. La vérité est que j'ai failli devenir amoureux de ma cousine, l'honorable lady Gwendoline Nore; mais elle a une façon de chanter du nez qui m'est insupportable. Au point de vue des passions courantes, je suis cependant fort en règle; l'année dernière, à Bade, on eût pu me voir, quatre heures durant, pendant une nuit de novembre, au sommet d'une cheminée d'une dame russe que j'idolâtrais. J'en ai failli avoir l'entreprise du ramonage de toute la ville, quand, le lendemain, à l'aube, les bourgeois matineux admirèrent ma prestance.

C'est ainsi que Wilfrid Nore acheva son histoire, et, Conrad Lanze, prenant la parole, raconta la sienne.

CHAPITRE V

Me considérer |moi-même! Me connaître! Démêler et juger ce qui se passe depuis deux mois dans mon triste individu! Le pourrai-je? Je l'ai essayé vingt fois, et vingt fois j'ai échoué devant la violence de ma souffrance. Je n'ai, non plus, pour me guider |qu'une raison malade dont la flamme vacille et n'éclaire pas.

Cependant j'essayerai. Je suis loin de cette femme. Je ne sens plus aussi fort la corde tendue qui me tire vers elle.

C'était un samedi soir vers sept heures, au mois de mai. Mon humeur était fort calme. J'avais travaillé tout le jour et résolu quelques difficultés dont, le matin, je n'étais pas maître. Je m'occupais alors de ce buste d'Anna Boleyn acheté, depuis, par le ministre de Russie. J'entrai dans la boutique du bijoutier Neumeyer; c'est là que se trouvent d'ordinaire les joailleries les plus achevées de

Burbach. Le jour de naissance de ma sœur Liliane approchait; j'avais l'intention de lui donner une bague, un bracelet, un collier, ce qu'enfin je trouverais de plus convenable à offrir à une fille de dix-sept ans.

Il y avait quelques personnes arrivées avant moi. Elles semblaient se faire montrer différents objets, parlaient et riaient. Je n'y pris pas garde et, m'adressant à un commis du magasin, je lui expliquai mes intentions. Il s'empressa de placer devant moi plusieurs écrins. Je venais de m'asseoir pour les examiner plus à mon aise, quand je m'entendis appeler. Je retounai la tête et, voyant une dame s'avancer en souriant, je me levai et saluai.

Elle me parut belle. Je reconnus, bien moins encore à sa façon de s'habiller qu'à son air d'assurance, que j'avais devant moi une femme du monde et même une femme à la mode.

— Monsieur Lanze, me dit-elle, je suis honteuse de me présenter moi-même. Pourtant, il le faut; je suis la comtesse Tonska, et j'ai bien besoin de vous.

Je saluai de nouveau. J'avais, comme tout le monde, entendu parler de madame Tonska. Elle était polonaise; on disait le prince régnant très occupé d'elle et beaucoup d'autres faisaient de même.

— En quoi, madame la comtesse, pourrais-je être assez heureux?...

— Vous êtes disposé à être aimable, dit-elle en

m'interrompant; ainsi donc, s'il vous plaît, venez demain vers trois heures; impossible de vous rien expliquer ici ! Nous causerons, vous ferez ce que je souhaite et, après vous avoir admiré de loin depuis deux ans, je pourrai vous remercier et du plaisir passé et du service futur.

Là-dessus, elle me tendit cette main dont la beauté est justement célèbre, serra la mienne et sortit avec les amis qui l'accompagnaient.

J'avais l'esprit parfaitement libre et j'achevai à loisir l'affaire qui m'avait amené, sans retourner la tête, sans me soucier de savoir ce que devenait madame Tonska. Puis, je rentrai chez moi.

En route, l'idée de ma visite du lendemain me revint au milieu de beaucoup d'autres et arrêta quelque peu ma pensée. Quel artiste ne connaît les empressements des dames russes et des dames polonaises? Il en est de mauvaise humeur qui accusent ces admiratrices, toujours et constamment passionnées, de manquer de bonne foi, de n'aimer en réalité ni les arts ni la vie intellectuelle et de ne trouver, dans les extases auxquelles elles s'abandonnent, que des occasions de se poser en séraphins, en archanges, en madones, et de donner de leur sensibilité l'idée la plus avantageuse possible. D'autres vont plus loin; ils prétendent que, très absolument indifférentes pour le Dieu, ces prétendues croyantes recherchent le prêtre, dans l'idée souvent fausse que celui-ci possède la sincérité dont elles sont dépourvues, et que doué du plus franc enthousiasme, du plus naïvement irréfléchi, du plus chaud, au plus abandonné, il y a profit à enlever cet encensoir vivant à la muse pour s'en faire à soi-même honneur et plaisir.

Je n'accepte pas ces jugements hostiles. La sensibilité peut être vraie dans tous les pays, avec des formes différentes. Les femmes du Nord-Est détaillent bien haut et par le menu et avec des attitudes, des jeux de regards, des inflexions de voix et des soupirs qui n'appartiennent qu'à elles, ce qu'elles s'imaginent ressentir; les femmes de l'Occident emploient d'autres méthodes; le résultat est identique. Je n'avais donc aucun préjugé contre la comtesse. Pourtant, j'étais ennuyé de me déranger le lendemain à une heure que réclamait mon travail et, probablement, pour un caprice. Je pris donc mon chapeau à regret quand le moment indiqué fut venu et j'allai chez madame Tonska.

Elle était sortie et m'avait laissé un billet d'excuses en me priant de venir dîner, en tête-à-tête, le lendemain. Pour le coup, je me fâchai et jurai de n'en rien faire. Mais, à la réflexion, mon impatience tomba.

— Il faudra toujours en venir à la voir et à savoir ce qu'elle veut, me dis-je; terminons cet enfantillage le plus vite possible.

Le lendemain, je me rencontrai chez elle avec une douzaine de personnes. Je ne savais s'il fallait rire ou me fâcher. La comtesse fut charmante, ne parut, en aucune façon, avoir la plus petite idée qu'elle eût un tort à mon égard, et, comme, parmi les douze conviés qui me tenaient en échec, il y en avait quatre parfaitement aimables et huit très intéressants, je passai une soirée excellente et ne regrettai pas une minute le tête-à-tête. Madame Tonska était fort occupée d'un naturaliste norwégien récemment arrivé de Sumatra, et qui nous fit de ce qu'il avait vu des descriptions tellement saisissantes, empreintes d'une éloquence si vraie et si grandiose que, là, pour la première fois, je compris combien les hommes supérieurs grandissent au milieu des études spéciales, ce qui accable les esprits médiocres. Le professeur Stursen, avec sa tête de taureau mugissant, sa taille athlétique et ses recherches sur la mâchoire inférieure du bison, nous abreuva d'autant de poésie, et d'une poésie aussi élevée et aussi pure aussi brillante et aussi sérieuse que l'aurait pu faire Eschyle lui-même, s'il était tombé du ciel au milieu de nous.

Malgré ses attentions marquées et bien naturelles pour cet homme éminent, la comtesse ne m'oublia pas. Vers la fin de la soirée, elle vint à moi, me prit à part et me dit : — Êtes-vous fâché? Au lieu de vous donner le maigre plaisir d'une conversation sans intérêt avec une femme maussade, j'ai voulu vous montrer comment je traite mes amis et vous en êtes, si vous voulez. Revenez me voir quand il vous plaira, tous les soirs, j'ai constamment du monde.

Je m'inclinai.

— Mais, madame la comtesse, cela ne m'apprend pas ce que vous avez à m'ordonner.

— Comment, cela ne vous l'apprend pas? Mais il

me semble que vous le savez depuis que vous êtes ici. Regardez quels gens vous entourent; croyez-vous que je fais au premier venu l'honneur de l'admettre en un pareil cercle?

Elle prononça ces mots assez fièrement; elle avait une expression admirable et ressemblait plus à une victoire qu'à une muse.

— Je suis bien petit pour ces grandeurs, répondis-je avec une humilité qui n'était pas feinte.

— Si vous le pensez réellement, me répartit vivement la comtesse, vous n'en êtes que plus digne d'estime. Allez ! J'ai entendu parler de vous, je vous connais; j'ai vu vos œuvres, et cette maison est la vôtre.

Là-dessus, je remerciai et je sortis. Il était clair que je ne pouvais que beaucoup gagner à vivre dans un pareil milieu. Toutefois la façon, à mon gré cavalière, dont madame Tonska en avait usé à mon égard me déplaisait souverainement. Je n'acceptais pas cette autorité hautaine qu'elle s'arrogeait sur moi tout à coup, et je résolus de le lui faire sentir à la première rencontre, dût-elle s'en fâcher. J'y pourrais perdre; j'y perdrais pro-bablement des soirées comme celle qui venait d'avoir lieu et qui m'avait fortement impressionné; mais j'y gagnais le maintien de mon indépendance et la liberté de mes allures; rien ne vaut un pareil bien. L'occasion se présenta bientôt de repousser l'envahissement dont je me voyais l'objet. Une semaine environ après ma première présentation, la comtesse m'écrivit un matin de lui apporter, dans la journée même, des dessins qu'elle voulait montrer à une de ses amies. Je répondis de la façon la plus polie, mais la plus péremptoire, que j'étais retenu par mes occupations et que ce qu'elle demandait était impossible.

Deux jours après, elle m'écrivit de nouveau pour que j'eusse à l'accompagner à un château voisin; elle avait l'intention de l'acheter. Je refusai encore en ajoutant cette fois qu'aucune de mes journées n'était libre. Une troisième tentative plus difficile à repousser eut lieu la semaine suivante. La comtesse m'annonça un soir son intention d'aller chez moi, le lendemain, pour voir l'Anna Boleyn.

— Excusez-moi, comtesse, lui répondis-je. Il y a encore trop de choses à faire au marbre.

— Mais, s'écria-t-elle avec humeur, vous l'avez bien laissé voir, ce matin même, au lieutenant de Schorn.

— C'est que Schorn est mon ami particulier et je n'entends pas montrer mon œuvre à personne autre, jusqu'à ce qu'elle soit absolument terminée.

— C'est un caprice assez désobligeant.

— Soit, répliquai-je d'un ton sec.

La comtesse me regarda d'un air tellement insolent que je me promis de ne plus remettre les pieds chez elle, et, en effet, je n'y reparus pas pendant un mois. Je trouvai mes soirées un peu plus longues, je fis des remarques un peu plus sévères sur les maisons où je retournais je regrettai quatre ou cinq personnes de l'intimité à laquelle je renonçais; mais, en somme, j'étais enchanté de cette rupture. La comtesse était fort belle assurément, mais d'une beauté dominatrice qui ne me plaisait pas. Puis, elle m'obsédait ! Je n'avais d'autre imagination que de lui résister, même quand elle ne voulait rien, et ce que j'eusse cédé de bon cœur à toute autre, j'avais une intention furieuse de le lui refuser. En somme, et pour tout dire, elle m'était antipathique.

Je finis par rencontrer sa voiture, un jour que je traversais la promenade. Elle fit arrêter. Il était impossible de ne pas aller la saluer.

— Vous me fuyez ! Vous avez raison ? me dit-elle. J'ai été insupportable avec vous. Les gens du monde ont de la peine à comprendre que les artistes ne sont pas désœuvrés comme eux, et leur habitude de tout prendre à titre de distraction les rend aveugles sur les mille délicatesses dont, vous autres, vous êtes doués. Enfin j'ai eu tort, que puis-je confesser davantage ? Ne me pardonnerez-vous pas ?

Je me trouvai ridicule et me jetai dans mille protestations pour lui persuader que c'étaient seulement des affaires, des embarras de famille, un voyage, qui m'avaient empêché d'aller chez elle depuis si longtemps.

— Voilà bien des mensonges, dit-elle en m'interrompant. Vous étiez fâché et vous en aviez sujet.

Je protestai de nouveau.

— Alors, vous ne m'en voulez plus ?

— Oh ! comtesse !

— Donnez-m'en une preuve !

— Tout de suite. Laquelle?

— Montez et venez causer un instant, de bonne amitié, avec moi. Puis vous resterez à dîner. Est-ce bien ainsi?

Elle avait un accent presque suppliant et si affectueux, si amical, que l'idée de me dérober encore ne me parut plus admissible. Le valet de pied ouvrit la portière et nous rentrâmes à l'hôtel.

Je n'oublierai jamais, non, quelle que soit l'amertume dont ma vie puisse être saturée désormais, je n'oublierai jamais combien cette journée me parut délicieuse; elle restera pour moi comme une image du plus saisissant bonheur:

En arrivant dans le salon, la comtesse riait avec une gaieté d'enfant.

— Je vous ai reconquis, me dit-elle (et son regard semblait me demander pardon de ce que ce mot pouvait avoir de blessant pour mon orgueil), je vous ai reconquis, mais uniquement pour vous prouver à l'avenir que j'ai un bien meilleur caractère que vous ne supposez, Nous n'allons pas rester ici. Ce grand salon, ne le trouvez-vous pas trop majestueux pour nous deux, tout seuls?

Elle me prit la main et m'entraîna, comme si j'eusse résisté, dans un boudoir tendu en moire grise. Elle s'assit sur une causeuse.

— A côté de moi, dit-elle, et elle tapotait la place qu'elle me distinait.

— Vous me permettrez bien d'ôter mon chapeau?

— Je vous en prie, comtesse !

— Jean, faites descendre Lucile.

Lucile était la femme de chambre française. La comtesse l'avait auprès d'elle depuis dix ans.

— Mon enfant, dit madame Tonska à la camériste, pendant qu'elle lui remettait avec son chapeau, son ombrelle et tirait ses gants et les lui donnait, tu diras en bas que je suis sortie pour toute la journée..., pour toute la journée et toute la soirée !... Tu entends bien ?... Toute la soirée aussi !... Puis, tu avertiras Prévot que monsieur dîne ici et qu'il nous fasse quelque chose de bon... Voyons, monsieur Lanze, qu'aimez-vous le plus... Voulez-vous ?... Voyons, aide-nous, toi, Lucile !

— Ma foi ! moi, madame, je ne sais pas ! répondit Lucile en riant

Je ris également :

— Chère comtesse, ne cherchez pas, je vous en prie ! Prévot n'est déjà qu'un trop grand génie en cuisine pour mon petit savoir.

— Enfin, puisque vous ne me servez à rien ni l'un ni l'autre, tu lui diras de nous donner de ce vin qu'il a reçu l'autre jour de je ne sais où. Va, ma fille !

Elle me montra une quantité de choses; des bijoux curieux, des armes qui appartenaient au comte Tonski, des armes magnifiques ! Elle alla chercher elle-même une collection de camées d'une singulière beauté, qui lui venaient de sa grand'-mère. En considérant chaque objet, nous nous perdions dans des conversations qui n'avaient pas de fin et atteignaient à tous les sujets à la fois. Je n'avais jamais si bien observé à quel point son esprit était subtil et aiguisé. Elle comprenait tous les menus détails d'une idée avec la plus rare perfection, et ses yeux semblaient aller au-devant de ce qu'on lui montrait. En beaucoup d'affaires, elle en savait plus long que moi et je ne me lassais pas de l'entendre. Je ne sais par quels détours, nos propos sur un onyx représentant une tête de Cléopâtre nous amenèrent à parler des femmes slaves, en général; c'est, du reste, un point de discussion assez recherché par les intéressées.

— Je ne voudrais pour rien au monde, me dit la comtesse en rejetant sa tête en arrière sur le dossier de la causeuse, tandis que les pierres précieuses restaient étalées devant nous, je ne voudrais pour rien au monde me faire accuser d'une partialité exagérée; mais, croyez-moi, les femmes slaves n'ont pas de rivales en ce monde, ni pour le cœur, qui passe avant tout, ni pour l'intelligence et tout ce qui s'ensuit; nous savons le mieux aimer, parce que nous savons nous soumettre, et notre dévouement, qui n'a pas le caractère réfléchi et calculé d'un devoir, emprunte une douceur et une noblesse incomparables à cela seul qu'il est une abnégation complète. Nous sommes anéanties dans l'être aimé, parce que nous sommes heureuses de l'être; nous ne voyons rien au-dessus de ce que nous chérissons; peut-être avons-vous tort de transformer ainsi la créature en un Dieu dont toutes les pensées sont bonnes et les actes justes, par cela seul que pensées et actes émanent de lui; mais convenez aussi qu'un tel travers, et si vous le voulez, un tel vice ne saurait être condamné par celui qui en profite.

— Vous m'étonnez un peu, répondis-je; j'étais disposé à croire, au contraire, et sur des exemples frappants, que, nulle part, l'esprit de domination n'était plus ordinaire aux femmes qu'en Russie et en Pologne, et non pas une domination exercée dans la sphère domestique ou n'ambitionnant que le domaine des affections, ce qui serait compréhensible; non ! je parle d'une tyrannie s'établissant sur les terrains les plus réservés à l'homme par la façon de voir admise dans tous les pays et dans tous les temps. Ainsi, par exemple, n'est-il pas notoire que les dames polonaises sont passionnées par les questions politiques? N'ont-elles pas joué, en maintes occasions, les rôles les plus décisifs dans les conspirations, les révolutions? Et les mères, les filles, les sœurs, les épouses, les maîtresses, n'ont-elles pas jeté sciemment les existences suspendues à la leur, au fond des cachots qui les ont dévorées, dans l'exil qui les a éteintes, au-devant de la balle qui a percé tant de poitrines?

— C'est vrai, répondit la comtesse, et elle me regarda d'un œil étincelant : nous aimons les grandes choses et, pour tout dire, l'héroïsme nous est familier. Nous avons envoyé nos hommes au-devant des périls, et nous le ferons encore; mais savez-vous que nous y étions à leurs côtés, et pensez-vous que jamais nous quittions cette place? Ce qui est grand nous plaît; dès lors, quand nous aimons et plus nous aimons, plus notre penchant est invincible à y porter nos idoles afin de dresser leurs temples au milieu des splendeurs !

— Quant à moi, repartis-je en riant, je ne suis pas Polonais et, par conséquent, je n'ai aucune chance de devenir jamais un libérateur. L'occasion dût-elle même s'en offrir, aurais-je le droit de songer à des ambitions si vastes? Je suis un pauvre homme, je l'avoue, et, probablement, cette tâche ne me séduirait pas.

— Vous avez un autre emploi dans ce monde, me répliqua madame Tonska avec un sourire, et pourvu que vous exécutiez de belles œuvres, on n'a rien à vous demander. Mais croyez-vous que les conseils ou les encouragements d'une amie puissent vous être inutiles dans la voie laborieuse où vous marchez? Êtes-vous sûr de vous? N'avez-vous jamais connu le découragement? Voyez-vous toujours également clair dans votre âme? Ne craignez-vous jamais d'être au-dessous de vous-même, de vouloir et de ne pouvoir pas, de pouvoir et de ne vouloir plus, de manquer d'inspiration ou de science? Ne redoutez-vous aucune de ces maladies intérieures qui ont paralysé et perdu tant de penseurs, ou qui les ont faits vivre dans le désespoir, dans l'ennui, et que, sans doute, le dévouement d'une femme aurait détruites, ou prévenues, ou du moins adoucies?... Enfin, pour une âme en quelque sorte prophétique, comme doit l'être celle d'un artiste, n'estimez-vous pas que ce soit un bien que d'être soutenu, dans les profondeurs de l'éther, par ce séraphin brillant et puissant qui est l'affection ?

Je fus ému à l'entendre parler de la sorte; mais je ne voulus pas qu'elle s'en pût apercevoir, et je répondis froidement :

— Il serait assurément convenable de vous concéder tout ceci; mais, pardonnez-moi, je suis sincère et ne me masquerai pas. De tous les maux que vous étalez sous mes yeux, je n'en connais aucun ! Il se peut que, plus tard, un jour, je ne sais quand, mon tempérament ou mon caractère soient atteints par quelqu'une de ces misères; aujourd'hui, je n'en trouve pas en moi le moindre germe. Il paraît que ce sont des éventualités possibles et redoutables. J'en ai beaucoup entendu parler; j'ai eu des compagnons fortement préoccupés des symptômes qu'ils en découvraient en eux. Les livres, surtout, me paraissent pleins de lamentations à cet égard, et il en résulterait qu'un artiste est, à peu de chose près, une sorte de convulsionnaire toujours au moment de se pâmer pour des défaillances ou des découragements tombant de l'air. J'ai considéré, je vous l'avoue, ces sortes de questions comme l'histoire du perce-oreille qui entre dans la tête des enfants endormis sur l'herbe avec l'intention arrêtée de leur perforer le cerveau. Je n'ai réellement jamais vu de cerveaux perforés par les perce-oreilles, et les artistes anéantis sous les souffrances morales et supernaturelles, nées de leur sensibilité, auraient mieux fait, je crois, et plus modestement, de s'avouer qu'ils manquaient de force, de verve, d'imagination ou d'intelligence, et qu'ils n'étaient que des moitiés, des quarts, des diminutifs d'artistes. J'ai produit beaucoup de mauvaise sculpture dans ma vie; aussitôt que je m'en suis aperçu, j'ai tâché de me corriger. Je travaille comme je peux, autant que mon naturel m'en rend capable; je m'efforce d'apprendre. Si je m'élève jamais jusqu'à un chef-d'œuvre, j'en bénirai le ciel, et, certainement, j'en jouirai avec plénitude. Si ce bonheur ne m'arrive pas, je me consolerai, et, n'ayant rien à me reprocher, je vivrai en paix avec moi-même. Dans toutes les hypothèses possibles, soyez-en sûre, la femme la plus attachée à mes intérêts ne pourrait me donner du talent, si j'en manque, et comme je ne suis jamais découragé, parce que jamais je ne présume de moi beaucoup au delà du vrai, je ne voudrais ni ne pourrais donner à personne l'ennui de soigner un pauvre être souffrant des enflures douloureuses de la vanité.

— Alors, donc, je ne vous consolerai pas! s'écria la comtesse en riant de bon cœur. Je l'imitai et lui offris mon bras, car on venait de nous annoncer le dîner.

Nous fûmes extrêmement gais à table; n'étant que nous deux, tous seuls, nous parlâmes de différentes personnes de la société, et, comme j'étais assez content de la manière dont je me maintenais vis-à-vis de ma belle adversaire, je me laissai aller, après la victoire, plus que je n'avais fait encore depuis les premiers jours de notre connaissance. Je m'amusais beaucoup; elle paraissait s'amuser également; je trouvai délicieux ce vin de Tokay dont elle avait parlé à Lucile; je m'animai, et quand, sortis de table, nous fûmes revenus dans le petit salon, je me mis au piano, pendant qu'on apportait le café, et jouai à la comtesse une valse de ma composition, dont je lui offris la dédicace, qu'elle accepta avec beaucoup de remercîments et me présentant en échange une tasse de café, sucrée par ses belles mains sur mes indications précises, données en même temps que je plaquais des accords.

Au bout d'un instant, madame Tonska prit ma place et se mit à chanter. On m'avait beaucoup parlé de sa voix; jusqu'alors je ne l'avais pas entendue. Ni le timbre, ni la méthode ne me plurent; j'y trouvai de la dureté et une affectation de largeur qui me rappela le théâtre. Rien n'est plus funeste au charme de la musique de salon qu'un effet semblable. Pourtant j'étais de si bonne humeur, si excité, si disposé à trouver tout bien, que je me révoltai contre ma sensation, et je me dis :

« Les partis pris sont ineptes quand ils sont portés au point où m'entraîne ma défiance contre cette bonne et charmante femme ! Il est constant qu'elle chante comme peu de personnes en sont capables. Jouissons-en, et ne soyons pas imbécile ! »

Je m'assis à côté de la cantatrice. Peu à peu mes fausses impressions cédèrent au charme que j'éprouvais. Soit que mon esprit morigéné se tût et laissât libres mes sensations, soit que je parvinsse réellement à saisir ce qu'il y avait de vraiment beau dans ce que j'entendais, je fus frappé, ému. Quand madame Tonska voulait finir, je la suppliais de recommencer; elle me fit connaître les airs les plus nouveaux pour moi, des airs serbes, cosaques, tcherkesses; elle me fit entrer et planer dans le monde le plus fantastique, le plus étrange; je n'avais jamais rien imaginé de semblable! Elle chantait, et tout en même temps, elle causait. Elle était ravissante; de sa personne et de ses cheveux noirs, tordus en tresses, s'échappaient des aromes d'un parfum subtil et inanalysable, qui épaississaient autour de moi une atmosphère magique; ses adorables mains, d'une forme allongée et exquise, d'une blancheur solide comme celle du marbre, si vivantes, si agiles, si adroites, me donnaient des vertiges en courant sur l'ivoire du piano. Vraiment, je n'étais plus bien à moi! Les chants des Serbes m'avaient fait errer dans les forêts de l'Herzégovine où les descriptions de la comtesse m'avaient conduit; j'avais traversé les steppes de l'Ukraine à la suite du convoi de mort du Cosaque; j'étais entré à cheval dans l'aoul du Tcherkesse et j'avais soulevé le voile de son harem. Non, je n'étais plus à moi!

La comtesse avait cessé de jouer; une de ses mains faisait encore frissonner les touches; elle me parlait; je ne me suis jamais souvenu de ce qu'elle me disait alors. Le sang bourdonnait dans mes oreilles; si j'avais voulu me lever, je n'aurais pu; toutes mes forces s'étaient enfuies dans mon cœur, abandonnant mes membres. Ce que je sais, c'est que je la regardais et elle me regardait aussi; je ne pourrais dire à quel moment nos yeux se rencontrèrent; mais ce que je sais trop, c'est qu'une fois réunis, ils se saisirent, ils s'embrassèrent, ils ne se séparèrent plus ! C'était à la fois un bonheur vif et une douleur poignante; j'étais pris par les yeux, comme peut l'être, par les pieds, un animal pris dans un piège; seulement, je ne voulais pas me dégager ,et je tombai brisé et meurtri, quand, après un long temps et soudain, la comtesse me ferma, pour ainsi dire, l'accès du gouffre où je me noyais éperdu, en changeant l'expression de son regard, et s'écriant avec brusquerie :

— Mais, enfin, qu'est-ce que vous me demandez?

CHAPITRE VI

SUITE DE L'HISTOIRE DU SECOND CALENDER
FILS DE ROI

A cette question, je revins un peu à moi.

— Rien ! répondis-je.

J'étais troublé, épuisé, comme renversé, et, surtout, j'étais honteux.

— Est-ce que vous m'aimez?

— Non, lui dis-je.

Si elle m'avait fait la question inverse, je lui aurais probablement répondu de même, tant ma prostration était grande et mon esprit ahuri.

— Vous vous trompez, Conrad, me dit-elle; vous m'aimez et c'est un grand malheur. Tâchez de prendre sur vous-même; éloignez cette impression et ne me forcez pas à vous perdre; car, moi, je vous aime, bien qu'autrement.

Il me descendit dans le cœur comme un rayon de joie. Je fus ravi de l'entendre me dire qu'elle ne m'aimait pas. Quel démon m'avait assailli? A quelle tentation avais-je cédé? La vérité était que je ne l'aimais pas du tout. Pourtant, maintenant que je me croyais en sûreté, après l'orage passé, quoique la tempête grondât encore, il m'eût été extrêmement pénible de me trop brusquement détacher d'elle, et, puisque, encore une fois, il n'y avait plus de risques à courir, je la laissai croire ce qui avait des apparences.

— Pourquoi ne voulez-vous pas m'aimer?

Je le répète : cette question n'avait d'autre but que d'arranger une retraite, et si, en ce moment, je calculais quelque chose, c'était, et rien de plus, de ne pas lui paraître offensant et de conserver son amitié. Elle me répondit en me saisissant la main :

— Ne prenez pas trop à cœur mes paroles : je ne puis vous aimer parce que je ne suis pas libre, bien que je n'appartienne à personne, entendez-vous bien?

Je ne saurais affirmer que cet aveu m'ait blessé; mais il m'égratigna, et je m'écriai avec amertume :

— Ah ! je sais !... C'est non vrai !... le prince ?

— Que vous importe ? répliqua la comtesse durement.

Je m'inclinai sur sa main pour la baiser, d'abord afin de demander mon pardon, ensuite pour dissimuler un sourire; car, de seconde en seconde, il me semblait que je revenais à moi, et je fus plus sûr que jamais de conserver ma liberté. Je m'enhardis, et, poussé par un certain sentiment de rancune, car madame la comtesse m'avait fait rudement trébucher, je me mis à jouer la comédie et je mur-murai :

— Le prince !... Contre un prince on ne lutte pas !

— Allez-vous-en ! il est tard, me dit ma-dame Tonska ; allez, Conrad, ne pensez plus à tout ceci. C'est un enfantillage. Je vous aime bien ; je viens de vous en donner la preuve. Il y a longtemps que je vous aime, ingrat ! mais ne me demandez pas ce que je ne peux pas donner.

— J'ai du moins votre sympathie ?

— Tout entière ! Mais allez !... allez ! Déjà plus de minuit ! Si l'on s'en doutait ! Passez par la petite rue !

— Votre main seulement !

Elle s'inclina vers moi, me tendit son front et je partis.

— Qui est-ce qui, de nous deux, n'a pas d'amour ? me demandai-je en route.

Le lendemain matin, au moment où j'achevais de m'habiller, ma mère m'ayant apporté une tasse de café au lait, comme elle en avait l'habitude chaque jour, me dit :

— Conrad, ton père veut te parler avant que tu ne sortes. Ne manque pas d'aller dans son cabinet.

Je trouvai mon père enveloppé dans sa robe de chambre de flanelle, fumant une grande pipe d'écume et lisant un livre de sa profession. Le doc-teur Lanze est non seulement un médecin par métier, il l'est encore, et surtout, par passion. En m'apercevant, il leva les yeux, me sourit et posa son livre sur le coin de la table.

— Assieds-toi, Conrad. Il faut que nous causions un peu. Tu vois beaucoup madame la comtesse Tonska?

Je me mis à rire :

— Mon Dieu, oui ! Je suis resté un mois sans aller chez elle et je viens justement d'y dîner hier. Est-ce que vous croyez utile de me donner quelque avertissement à son sujet?

— Je n'en sais trop rien. Je voulais seulement te prévenir qu'hier au soir, après être resté une heure ou deux avec le prince et avoir parlé de choses et d'autres, suivant notre habitude de tous les jours, Son Altesse m'a dit en propres termes : Lanze, tu es bien savant, mais tu me fais l'effet d'ignorer que les très belles dames sont de mauvaises conseillères pour les jeunes gens. Rappelle cela à Conrad de ma part. Ce propos, comme tu peux le penser, me fit tomber des nues ! Je répondis : Altesse, est-ce que mon fils se dérangerait? Mais le prince feignit de ne pas m'entendre et, se laissant tomber dans un fauteuil auprès de la cheminée, il appuya sa tête sur une main, et, me tendant l'autre, me dit brusquement : Bonsoir ! à demain ! Et, comme j'avais déjà ouvert la porte et allais la franchir, il me rappela vivement et s'écria : Lanze ! Lanze ! Tout réfléchi, laisse Conrad en repos et ne lui dis rien. Voilà ce qui m'est arrivé hier au soir. Le prince était visiblement ému; je le connais trop pour m'y méprendre, et, malgré sa recommandation, j'ai jugé utile de te raconter cette scène pour que tu m'apprennes ce que je dois en penser.

Avant de rapporter quelle fut ma réponse, il est nécessaire de faire connaître les rapports existants entre mon père et le prince régnant de Wœrbeck-Burbach. Ils ont été élevés ensemble dès le berceau, comme leurs pères l'avaient été et leurs grands-pères auparavant, et, pour tout expliquer d'un trait et n'y plus revenir, sachez qu'en 1494, un certain Samuel Lanze, architecte et sculpteur employé aux travaux de la cathédrale de Cologne, devint une sorte de favori du comte immédiat de l'Empire Jean de Wœrbeck, partagea plus tard la prison de ce seigneur enfermé par Charles-Quint dans la grosse tour de Nuremberg, se maria le même jour que lui, le même jour eut un fils, Sébald Lanze, qui devint prédicateur de la cour, et ne quitta jamais non plus Guillaume de Wœrbeck, fils de Jean, qui précède. Depuis lors, les généra-tions des Wœrbeck et des Lanze se sont toujours suivies sans jamais se séparer; ce n'est pas assez dire : sans qu'il se soit passé un seul jour de leur vie où les Wœrbeck et les Lanze n'aient échangé quelques paroles. On a vu quelquefois, et même assez souvent, des membres de la famille régnante se porter à des sentiments très condamnables de haine ou de jalousie; mais un Wœrbeck qui n'aimât pas les Lanze, ou un Lanze qui ne se crût pas prin-cipalement créé et mis au monde pour idolâtrer les Wœrbeck, c'est ce qui ne s'est jamais rencontré;

et voilà pourquoi mon père restait tous les jours au moins une heure chez le prince, après l'avoir accompagné dans ses voyages, après s'être assis sur les mêmes bancs, pendant leurs années d'université, qui avaient succédé à une enfance où mon père et mon oncle avaient eu l'honneur de se battre, tantôt avec l'un, tantôt avec l'autre des jeunes rejetons de la maison souveraine.

Je répondis donc au professeur Lanze :

— Cette affaire est facile à comprendre, et j'aurais cru que le prince vous avait dès longtemps tout confié. Il aime la comtesse et il en est aimé, du moins à ce que je suppose. Pour moi, j'admire fort cette dame comme maîtresse de maison, comme femme d'infiniment d'esprit et de savoir; autour d'elle et par elle on s'amuse beaucoup. Elle m'a donné une soirée délicieuse où je l'ai entendue chanter des choses ravissantes. Elle m'a montré des camées antiques de la plus rare perfection. Mais, en tant que femme, je ne partage aucunement le goût du prince, et elle ne me plaît pas. Ses hauteurs, ses humilités, son exaltation dont je suspecte la sincérité, tout en elle me repousse; assurément je n'irais pas le lui dire en face et lui déclarerais même, au besoin, tout le contraire, comme c'est mon strict devoir d'homme bien élevé; mais, heureusement, il n'en est pas question, et je la crois absolument absorbée dans le sentiment que le prince a réussi à lui inspirer. D'après ce que vous racontez, il semblerait que Son Altesse a eu, à mon endroit, comme un frisson passager de jalousie;

c'est sans sujet; d'ailleurs, je n'ai pas besoin de vous protester que ce n'est pas de moi qu'un souci justifié, de quelque nature que ce soit, pourrait arriver à Son Altesse Royale.

— Je le pense bien, mon enfant, répliqua mon père en fumant avec application. Mais il y a en ceci des choses qui ne me plaisent pas.

Il resta un moment pensif, et s'écria brusquement :

— D'où vient cette idée, d'aller, à son âge, s'amouracher d'une Polonaise, voire même d'une Chinoise ! Il a tout au plus un ou deux ans de moins que moi, et encore ! Je sais bien que la princesse est intolérable, pauvre femme ! mais après tout !... Ah ! je ne connaissais pas cette nouvelle équipée, et depuis la rupture de notre homme avec la marquise Coppoli, je croyais que nous étions francs pour le reste de nos jours. Il paraît que non ! Je lui en ferai mon compliment bien sincère ! En ce qui te concerne, je ne vois pas non plus très clair. Qu'est-ce que c'est que ce goût subit qui te prend pour une étrangère bavarde, prétentieuse, maniérée dont le système nerveux, toujours surmené, est évidemment dans le plus pitoyable état ! Ces femmes-là t'amusent, toi?

— Je ne dis pas qu'elles m'amusent; d'abord, vous exagérez singulièrement les défauts de la comtesse : ou bien elle n'a pas ceux que vous lui prêtez, ou bien elle ne les laisse voir qu'à un degré très supportable. En tout cas, je ne peux pas répondre à une femme qui m'attire chez elle que je ne veux pas y aller. Et pourquoi n'irais-je pas, puisque, je vous l'assure, je n'en suis nullement amoureux, ni, ce qui est encore plus fort, disposé à le devenir?

— Je te crois; pourtant, j'ai une mauvaise idée de tes relations avec cette femme-là. Je n'ai jamais compris, pour ma part, cette manie de rechercher les femmes, excepté pour le strict nécessaire, c'est-à-dire le mariage! Hors de là, que l'on connaisse sa mère, sa sœur, ses filles, ce sont des obligations auxquelles on ne peut pas se soustraire; mais, de son propre choix et de son libre arbitre, qu'on se laisse approcher par une de ces créatures, sauf celle dont les usages, la loi, les bonnes mœurs, vous forcent à faire votre compagne, suivant l'expression reçue, c'est ce qui me passe!

— Mais aussi, ce qui doit vous rassurer, mon père, c'est que, comme nous n'avons jamais été galants dans la famille, et que je ne sache pas mon sang dégénéré sous ce rapport, vous n'avez à craindre nulle folie de ma part. Je vous prie seulement de tranquilliser le prince à mon endroit.

— Je vais le faire dès aujourd'hui.

L'entretien n'alla pas plus loin. Mon père reprit sa lecture, et moi je sortis pour me rendre à mon atelier.

J'étais sûr de ne pas aimer du tout madame Tonska; si je ne pensai qu'à elle toute la journée, ce fut pour me féliciter de m'être si complètement tenu à l'écart du péril, et surtout d'avoir un tel rival qu'en tout cas un abîme existait entre elle et moi. J'étais dans une sorte d'excitation qui me rendait le travail facile. Ce qui est curieux, c'est que, de même que j'avais dormi la nuit passée fort paisiblement et, à mon réveil, songé à elle sans aucune souffrance, je ne m'occupais de ce qui la concernait qu'en gros, et les incidents de la soirée tourbillonnaient dans ma tête, tous ensemble, ne me présentant que des formes indistinctes.

Je rentrai à la maison vers huit heures pour souper, et quand je trouvai dans le salon mon père, ma mère et ma sœur Liliane, j'étais dans la disposition la plus gaie du monde.

Comment se fit-il que mon esprit changea peu à peu? Le professeur Lanze, sérieux comme à son ordinaire et mangeant presque sans rien dire, absorbé dans ses pensées scientifiques, mon excellente mère, avec son bonnet à coques de rubans roses et sa robe verte, ma sœur Liliane, avec son air doux et tranquille, n'y furent certainement pour rien. Néanmoins, tout changea; je me sentis triste jusqu'à la mort, et je vis apparaître dans la chambre obscure de mon esprit deux rayons d'une lumière intense qui me parurent s'entortiller autour de mon cœur et lui causer une sorte de cruel bonheur. C'étaient les yeux de la veille auxquels les miens s'étaient tenus attachés si longtemps! D'où cette sensation fatale me revenait-elle? Pourquoi l'avais-je oubliée? Comment se pouvait-il qu'une si horrible obsession m'eût fait grâce pendant tant d'heures?

Le dîner terminé, mon père sortit et alla passer

la soirée au palais; ma mère se mit à tricoter; Liliane s'assit au piano. Je m'enfonçai dans un fauteuil et pris un roman. Je ne lisais pas.

J'étais effrayé de mon injustice. J'en arrivais à haïr la comtesse ! Elle me semblait odieuse; ses regards, qui ne se détachaient pas des miens, me faisaient indignement souffrir et jusque dans la moelle de mes os. Quelle folie, quelle frénésie était la mienne ! Qu'est-ce que cette femme m'avait fait, après tout, pour la détester de la sorte? Elle avait été aimable, bonne, affectueuse, tendre, et je lui avais dit que je l'aimais.

Le lui ai-je dit? Oui, je crois que je lui ai dit : Je vous aime !

Et comme je ne pouvais pas me délivrer de ses regards, je répétais machinalement en moi-même : Je t'aime ! je t'aime ! au moment où je me blâmais de la détester si fort !

Presque à mon insu, la musique que faisait ma sœur parvenait à mes sens troublés et servait de thème à de nouvelles divagations. Liliane jouait comme une enfant qui n'a encore rien senti, et je comparais ce qu'elle savait produire à ce que j'avais entendu la veille et qui m'avait tant déplu d'abord et tant enivré ensuite ! Je me sentis très malheureux.

En réalité, elle m'aime, pensai-je. Que ce soit un caprice de cette imagination blasée et malade, c'est probable. Mais enfin elle m'aime, et les caprices contrariés, que deviennent-ils dans ces âmes étranges? Quelquefois des passions, et quels excès...

Je n'osai pas penser si loin.

— Tu es bien absorbé ce soir, me dit Liliane.

— Est-ce que ce matin ton père t'a contrarié? demanda ma mère en me regardant par-dessus ses lunettes.

— Nullement; j'ai une migraine affreuse, et je vais me coucher.

Je les embrassai l'une et l'autre et me retirai dans ma chambre. Il était dix heures. Ma mère m'apporta de l'infusion de violettes. Je posai la tasse sur la commode et me déshabillai pour me mettre au lit; une demi-heure après, j'entrais chez la comtesse. Elle avait beaucoup de monde et j'en fus désespéré.

Je m'assis dans un coin et restai là sans rien dire à personne, peut-être un bon quart d'heure. Mais, subitement, la réflexion me vint que, pour peu que les yeux de quelqu'un tournassent de mon côté, mon air accablé prêtait aux commentaires. Je me levai donc brusquement, m'efforçai de donner à mon visage l'expression la plus insouciante et la plus délibérée, et m'avançant vers le conseiller intime de Tropf, je lui demandai avec insistance des nouvelles de son violoncelle. Nous étions lancés dans cette conversation, lorsque la comtesse venant derrière moi, me toucha légèrement le bras gauche de son éventail :

— Venez ! que je vous dise un mot !

M'incliner d'abord, la suivre ensuite dans le petit boudoir tendu en moire grise, ce fut une minute.

— Nous n'avons pas beaucoup de temps à nous, murmura-t-elle en s'asseyant; mettez-vous ici; écoutez et ne m'interrompez pas.

Elle me regardait fixement et d'un air à la fois sérieux et bon :

— Je suis une coquette. J'ai voulu vous tourner la tête hier au soir et j'y ai réussi. Je parle de votre tête, poursuivit-elle avec un sourire triste, et pas du tout de votre cœur, bien que vous ayez fait semblant de me l'offrir. Vous ne m'aimez pas le moins du monde; je ne sais si c'est heureux ou malheureux, mais je ne vous aime pas non plus; nous y appliquerions tous nos efforts, l'un et l'autre, que nous n'y réussirions guère; cependant je parviendrais trop aisément à vous faire beaucoup de mal. Je ne veux pas. C'est un jeu déloyal, j'ai eu tort de le commencer; il n'est pas trop tôt pour le finir. Levez-vous, partez, ne revenez jamais ici, et souvenez-vous, si vous avez toute la valeur que je vous suppose, de la preuve sincère d'estime et d'amitié que vous recevez de moi en ce moment.

J'étais abasourdi. La comtesse me serra la main et quitta le boudoir. Dans ce même instant et comme je figurais assez bien un homme qui, précipité violemment à dix brasses sous l'eau, remonte à la surface et n'a pas encore eu le temps de reprendre haleine, je vis le chambellan de Lehne se glisser dans le salon, en poussant sa petite taille en avant de l'air discret à lui particulier et cherchant de ses yeux de fouine. Il aperçut madame Tonska, vint à elle, la salua, s'inclina, et je ne sais par quel instinct diabolique, par quelle double vue, je restai certain, mais certain, convaincu, pénétré qu'il lui avait dit tout bas certaines paroles qui n'étaient que pour elle seule.

Le chambellan de Lehne passait pour être en beaucoup de choses le confident de Son Altesse. C'était un brave homme, doux, obligeant, parfaitement honnête, et la preuve en était qu'il n'avait aucune fortune. Sa femme, une bonne dame excessivement longue et maigre, ornée d'un nez rouge proéminent, lui avait donné onze enfants, et, pour lui, il était le modèle des époux, et on n'avait jamais eu à le suspecter du moindre égarement; mais il aimait ceux des autres; il mettait de la passion à montrer au premier venu la mauvaise route, et pour peu qu'on l'en priât et même de son propre mouvement, il servait de guide dans les sentiers réprouvés, de telle sorte qu'avec lui il n'était plus moyen d'en sortir. Cette singulière disposition naturelle ne lui ôtait rien de sa gravité solennelle, du sourire dignement bienveillant, de l'air compassé qui impressionnaient tout le monde, et lui auraient valu plus de considération s'il n'avait été trop public qu'en dehors de ses aptitudes spéciales il était parfaitement nul.

Aussitôt que le chambellan eut achevé le salut par lequel il termina son court compliment à madame Tonska, il tourna sur lui-même, étendit le bras vers un plateau chargé de glaces que présentait un domestique, et tout en faisant jouer la cuillère de vermeil dans le rose et le blanc, il gagna la galerie; arrivé là, il posa discrètement la soucoupe sur une console et s'esquiva par la petite porte.

Voulez-vous savoir ce que je fis? Eh bien! je le suivis! Mon Dieu, oui! que voulez-vous? En êtes-vous à vous apercevoir que je suis né sans l'ombre de discernement? Ces choses-là, ridicules, ineptes, odieuses en tout temps, en toutes occasions, sont du moins compréhensibles, sinon excusables de la part de quelqu'un qui aime. Mais que pouvez-vous en penser quand c'était moi qui m'abandonnais à une pareille ignominie, moi qui n'aimais pas, et qui haïssais au contraire, et qui méprisais (oh! avec quelle plénitude de fureur je la méprisais!) et qui méprisais, je le répète, cette femme, en définitive sans beauté, sans grâce, sans sincérité, sans bonté; bah! disons la vérité tout entière, sans honneur évidemment! et qui ne valait pas la peine qu'on la vît passer dans sa perversité!

Ce n'est pas que j'attachasse à ce qu'elle pouvait faire ou dire la moindre importance; il s'en fallait de tout! Mais j'étais bien aise, j'étais curieux, par pure fantaisie, de toucher du doigt la mauvaise foi et la méchanceté de ce monstre. Elle ne m'aimait pas? Elle avait bien raison, certes, et grandement! Moi non plus, je ne l'aimais pas! Mais le prince venait de l'appeler à un rendez-vous, là, sous mes yeux mêmes, et cet odieux Lehne remportait la réponse!

Vous me direz certainement... Qu'est-ce que vous me direz que je ne me sois pas dit? Je n'en descendis pas moins les escaliers sur les pas de cet homme. Je le vis traverser la place; je le suivis dans la rue du Marché, il tourna à droite, comme je m'y attendais bien ! entra dans la rue Frédéric et, par une petite porte, s'insinua dans le palais.

Je fus très content de ma perspicacité, et cette épreuve m'amusa beaucoup. Mais ce n'était pas fini; ce n'était pas tout ! Un rendez-vous assigné de la sorte, avec une telle précipitation, n'était certainement pas pour le lendemain; c'était pour le soir même ! Ne trouvez-vous pas que j'avais raison de haïr cette personne comme je le faisais?

Je pris ma course et revins justement à la maison de la comtesse au moment où un coupé fermé en sortait. Cette voiture tourna la rue à gauche. C'est à Monbonheur ! Monbonheur ! pensai-je, est un petit château de plaisance à une demi-lieue de la ville, où le prince a ses livres, ses cartes, où il donne des rendez-vous de chasse. La princesse n'y met jamais les pieds. Je ne fus donc nullement surpris que Monbonheur fût l'asile de toutes les félicités !

J'avais accumulé jusque-là assez de sottises et il était temps de m'arrêter; je n'y songeai pas. Dans cette nuit misérable, une folie furieuse s'était emparée de moi, et de quelle façon? Pour quelle cause? Qui le pourrait dire ou seulement soup-çonner, puisque, encore une fois, je n'aimais pas la comtesse !

Quand je vis cette voiture qui, j'en suis certain, était la sienne, prendre la route de Monbonheur, je me mis à courir, et, comme il existait un chemin de traverse, je me flattais de devancer les chevaux peut-être de dix minutes.

Plus je courais, plus ma tête se perdait. Je manquai la porte, j'arrivai à un saut-de-loup; je descendis dans le fossé, je grimpai contre le mur d'escarpe en me cramponnant aux pierres et je me disais : Si le factionnaire m'aperçoit, il va me prendre pour un voleur !

Je parvins en haut et je sautai sur le terre-plein. Dans ce moment, une main se posa sur mon bras, me saisit avec colère.

— Où allez-vous, monsieur?

C'était Son Altesse. Je fus atterré. Je verrai toujours mon maître, dans cet horrible moment où mon angoisse atteignait un sommet qu'elle ne saurait guère dépasser. Je verrai toujours, dis-je, cette taille si noble et si imposante, ce beau front chauve et légèrement rosé, ces longues moustaches blondes descendant aux deux côtés de la bouche en ondulant, ces yeux bleus fixés sur les miens, et me couvrant du feu de leur indignation. Je me réveillai. Je me fis l'effet de sortir d'un cauchemar.

— Altesse, si je n'étais pas un fou, je serais un misérable; mais je suis un fou !

— Et un méchant fou, s'écria Jean-Théodore avec une colère mal contenue, plus méchant et plus fou que vous n'avez l'air de vous en douter !

Si ! je m'en doutais. Aux absurdes sentiments qui m'avaient conduit là, je sentais que l'orgueil blessé était tout prêt, tout disposé à répandre ses sorties violentes. Mais un instinct moins bas parlait encore, cependant, au fond de cette conscience dévoyée, et je l'entendais murmurer : Il ne te manque plus que d'être insolent.

La sueur me couvrait le visage. Les larmes roulaient dans mes yeux. J'aurais voulu que le prince me poignardât; en tombant, j'aurais eu du moins le droit de lui dire... de lui dire quoi? J'avais tort partout et en tout !

— Oui, vous êtes méchant, continua Jean-Théodore, plus méchant que tous les autres dont je suis entouré, et, comme eux, vous êtes lâche. Oseriez-vous, sans cause, sans prétexte que celui d'un amour ridicule que peut-être même vous ne ressentez pas, envahir la maison d'un de vos égaux? Oseriez-vous l'espionner? Oseriez-vous, sciemment, déclarer à la femme aimée d'un de vos amis que vous l'aimez? Vous savez bien que non ! Cet homme vous châtierait; il aurait le droit, le devoir de le faire, et chacun lui donnerait raison. Mais, moi, que puis-je pour me défendre? Rien ! Si je vous frappe, je suis un tyran et vous un héros !... Par surcroît, c'est le fils de votre père qui me prouve ainsi que je ne peux pas l'écraser !

— C'est vrai, Altesse. Qu'est-ce qu'elle vous a raconté, madame Touska ?

Dans ce moment, les rayons de la lune nous enveloppaient. Je voyais le prince aussi clairement qu'en plein jour et lui me voyait de même.

Il parut surpris de ma question et me regarda bien en face, non plus comme un Dieu prêt à me foudroyer, seulement comme un homme étonné. Il est vrai, que les larmes couvrant mes joues, je devais avoir un air bien étrange.

Savez-vous ce qu'il fit? Il tira son mouchoir de sa poche, m'essuya le visage et me fit asseoir sur un banc où il se mit à côté de moi; mais je tombai sur mes genoux, je laissai aller ma tête sur les siens et je sanglotai amèrement; amèrement, sans doute, mais avec un soulagement profond.

— Ce qu'elle m'a dit? poursuivit le prince sans prendre garde à ce qui arrivait, elle m'a raconté ce qui s'est passé entre vous depuis la rencontre chez le bijoutier. Elle prétend que tu es amoureux d'elle, mais que tu ne veux pas et que tu ne peux pas le comprendre. Elle m'assure qu'elle ne t'aime pas plus qu'elle ne m'aime moi-même et qu'elle n'a jamais aimé personne; mais, que se trouvant envers moi des devoirs qu'envers toi elle n'a pas, elle a l'intention de rompre vos relations.

— Elle l'a fait.

— Elle l'a fait?

— Elle m'a défendu ce soir de reparaître jamais chez elle.

Ici, il y eut un silence. Après quelques instants écoulés, le prince me dit :

— Veux-tu partir demain pour Florence?

— Certainement, et je ne reviendrai que sur votre ordre.

— C'est bien, pars donc.

Il me souleva doucement la tête et je me relevai. J'étais un autre homme. Encore bien ému, bien troublé, je n'avais pourtant plus à rougir de moi.

— Adieu, me dit Jean-Théodore, et il me tendit la main. Je voulus la baiser; il la retira, et, me faisant un signe amical, il s'éloigna. J'étais resté à la même place, quand tout d'un coup il m'appela; je courus à lui, il m'embrassa, et, d'une voix basse, me dit à l'oreille :

— Pardonnons-nous l'un à l'autre; notre faiblesse est égale.

En rentrant à la maison, je réveillai mon père, et lui racontai mon histoire sans en oublier un seul mot. Je ne me ménageai pas.

Le docteur Lanze m'écouta avec la plus vive curiosité; de temps en temps, il me tâtait le pouls, m'auscultait, écrivait une note. Quand je me tus, il eut un petit rire de satisfaction.

— Mon cher enfant, me dit-il, remarques-tu que ton cas est absolument semblable à d'autres envahissements de la même maladie signalés au moyen âge, dans l'antiquité, comme ayant été déterminés par des philtres, des maléfices, l'absorption de certaines plantes infusées ou distillées, ainsi que la verveine, par exemple? Remarques-tu encore que, dès le temps d'Hérodote, les femmes scythes, c'est-à-dire slaves, passaient pour avoir de grands talents en sorcellerie et que les maladies d'insanité amoureuse venaient principalement de leur pays? Je t'engage à relire le passage de l'historien d'Halicarnasse relative à ce fait; dans ta position particulière, il ne peut que t'intéresser puissamment. J'irai demain au palais et causerai avec Son Altesse. J'engage madame la comtesse Tonska à ne pas m'envoyer chercher si jamais elle est malade ! Je la mettrais hors d'état de nuire ! Là-dessus, fais tes malles; nous allons t'aider.

Je partis cette nuit même, après avoir embrassé les miens, mon excellent père, ma mère et ma sœur Liliane. Le prince m'a écrit, à Zurich, que la comtesse n'était plus à Burbach et m'a permis de revenir. Qu'est-il arrivé? Je le saurai à mon retour et assez tôt, car madame Tonska ne m'intéresse guère. Elle m'a étourdi, elle m'a rendu malade; mais, positivement, je ne l'ai jamais aimée et je ne l'aime pas ! Si je pouvais me débarrasser de la vision de ses yeux qui me revient constamment, je crois qu'alors je n'y penserais presque plus. Tout ce mal aura une fin. Je serais, cependant, curieux de savoir où la comtesse peut être en ce moment, et si le prince a conservé sa passion pour elle.

Ici finit l'histoire de Conrad Lanze. C'était à Louis de Laudon de prendre la parole. Il le fit en ces termes :

CHAPITRE VII

HISTOIRE DU TROISIÈME CALENDER FILS DE ROI

— Mes chers amis, tout spirituels que vous puissiez être, vous avez, l'un et l'autre, un grand malheur : vous êtes étrangers.

— Étrangers à quoi? dit Nore.

— Dans tous les pays du monde, quand on n'est pas Français, on est étranger, continua Laudon sans se troubler, et je vous dirai franchement ma conviction : ce fait ne vous prive certainement d'aucune vertu cardinale, mais il vous rend inaptes à posséder jamais une foule de délicatesses, de perfections petites mais charmantes, de raffinements particuliers auxquels l'esprit français peut seul prétendre. Je n'en tire pas vanité pour mes compatriotes ni pour moi-même. Mais, croyez-moi, ce que je vous affirme, l'expérience des siècles le démontre. C'était l'avis de Charles-Quint; ce fut celui de Frédéric II de Prusse; l'empereur Joseph d'Autriche l'a pensé et la grande Catherine l'a proclamé. Inutile, puéril même de s'élever contre des autorités pareilles.

Je ne vous dissimulerai donc pas que, toute ma vie, j'ai eu cet idéal supérieur devant les yeux, et j'ai fait effort pour le réaliser autant qu'il est en moi. Je ne me pique pas d'être un parangon de mérite en aucun genre; mais je serais désolé de manquer de distinction, d'à-propos, de tact, de mesure, et, dans l'acception la plus élevée du mot, de ce que nous appelons bon sens, et ce sont là les qualités françaises par excellence. Vous me trouvez certainement assez avantageux de vous étaler de pareilles déclarations de but en blanc; mais vous voulez mon histoire : consentez à ce que j'éclaire le théâtre sur lequel elle va se passer.

Mon père était un homme des plus distingués, excellent officier dans sa jeunesse, assez à la mode, et le bruit de ses aventures a duré longtemps. Entre nous, il avait été plus que bien avec la belle duchesse d'Arcueil, et elle lui donna une grande preuve de dévouement, en le mariant, un peu sur le tard, avec mademoiselle Coëffard, fille d'un entrepreneur célèbre. C'est de là que vient notre fortune, car mon pauvre père avait mangé, et bien mangé, son patrimoine. L'union de mes parents fut médiocrement heureuse, je suis forcé d'en convenir. Cependant le public n'eut jamais la confidence entière de leurs discordes, et, en somme, tout se passa à merveille; quand ma mère mourut (il y a de cela une quinzaine d'années), mon père alla recevoir son dernier soupir à Plombières, et, depuis, il n'a jamais parlé d'elle que de la façon la plus convenable, je dirai même la plus généreuse.

Pour moi, comme j'étais né avec une complexion délicate et que ma santé exigeait des soins, on m'avait confié, presque dès ma naissance, à une vieille tante, sœur de mon père, madame Louise de Laudon, chanoinesse, qui m'a toujours gâté, dont je dois hériter et que j'aime beaucoup.

Ensuite, vers neuf ans, je fus mis au collège. C'est à mon sentiment, une chose excellente que ce contact hâtif avec la vie pratique. Les enfants apprennent d'abord, dans nos grands établissements d'instruction, à voir l'existence comme elle est. Ils sont là, pêle-mêle avec des camarades appartenant à toutes les classes de la société; ils assistent, sans s'en rendre compte, au petit spectacle, à la comédie des ruses, des vices; ils sont victimes, ils sont trompés, ils sont battus... ils sont vainqueurs et oppresseurs à leur tour. Ils apprennent à se défier, à comprendre ce que parler veut dire, et l'expérience (la science la plus précieuse et la plus nécessaire de toutes), ils l'acquièrent à leurs dépens, avant d'avoir de la barbe au menton. Je vous dis là les choses comme elles sont et sans vous aligner des phrases; je vous indique l'avantage effectif et inappréciable de la vie des lycées, et vous fais grâce des tirades sur les amitiés d'enfance, sur le mélange heureux des castes différentes, etc., etc., toutes déclamations privées de vérité. Mais, afin d'en arriver au point suprême, tenez pour certain que c'est à l'éducation publique

que nous, Français, nous devons le trait principal de notre caractère moderne, celui qui nous suit de l'enfance à la tombe, la peur horrible de passer pour dupes, et la résolution bien arrêtée de tout faire au monde afin d'éviter un pareil malheur.

Quand j'eus terminé mes études, je dois avouer que je ne savais pas grand'chose de précis; je possédais seulement une idée générale de toutes les questions, et, ce qui me paraît suffisant pour un homme du monde, j'apercevais des lueurs de tout qui me permettaient d'en causer et me mettaient même en état, pour que peu le cœur m'en dît, d'approfondir un jour, à mon gré, tel ou tel point, au moyen de la lecture des journaux et des revues. Il n'en faut pas davantage chez un esprit généralisateur, comme est le mien, et je dois dire qu'après avoir complété mon éducation par les moyens que je viens de vous indiquer, je me trouve aujourd'hui fort compétent en matière de philosophie politique et sociale, et capable de raisonner sur les arts avec originalité.

Mon père, que j'aimais infiniment, était doué de trop de tact pour se mêler de ma conduite. Il m'avait fait arranger, au rez-de-chaussée de l'hôtel, un délicieux appartement et m'y laissait complètement libre; il avait ses affaires, j'avais les miennes; jamais il ne m'a refusé d'argent, et, quand nous étions à Paris, l'un et l'autre, nous dînions assez souvent ensemble.

Bien qu'il ne voulût pas se montrer officiellement dans la direction de ma vie, mon père, cependant, y joua quelque rôle, par cela seul qu'il me confia aux soins intelligents de notre cousin de Hautebraye, un des hommes les plus sérieux que j'aie jamais rencontrés.

Celui-ci me dit :

— Vois-tu, Louis, je ne te ferai pas de capucinades. Il faut comprendre la vie comme elle est. Tu as une belle fortune. Amuse-toi, mais ne la mange pas. Ne commets pas la sottise immense d'entrer dans la vie active par les grandes portes pourvues sur leurs frontons d'inscriptions comme celles-ci : *Ecole militaire ; Ponts et chaussées ; Affaires étrangères ; Magistrature.* Cela te mènerait tout simplement à être capitaine à quarante ans, à pleurer pour la croix et à servir de volant à une certaine quantité de raquettes maniées par un plus ou moins grand nombre de pleutres, tes supérieurs éternels, et, de plus, chaque révolution nouvelle t'accuserait d'avoir dévoré la sueur du peuple. Pas de sottises-là ! Je vais te faire recevoir aux Moutards. Tu y trouveras des gens qui te présenteront à ce qu'il importe de connaître. Dîne avec tout le monde, soupe avec tout le monde. Ne sois pas trop sage, cela ennuie; ne sois pas vicieux, cela effraye; ne sois pas spirituel à tout propos, cela blesse; impose de suite l'idée que tu n'es pas facile à attraper, cela donne un air capable; et puis laisse venir. Mais, pour rien au monde, ne t'engage avec un parti politique; tu te casserais le cou. Sois légitimiste avec modération; les républicains aiment assez cela.

Hautebraye me mena chez madame Olympe Berbier. Elle avait alors pour ami principal un immense Américain qu'on appelait Buffalo. Dieu! que nous avons fait de bonnes parties dans cette maison! Un soir, il fallut appeler la patrouille pour mettre dehors un prince japonais qui ne voulait pas s'en aller. J'étais honnêtement féru de la sublime Olympe, d'autant qu'il est de fait qu'elle me préférait, et je ne sais vraiment pas où cette histoire-là m'aurait pu conduire, malgré les avertissements de mon cousin, si la dame ne s'était avisée, un matin, de venir chez moi tout en larmes, parce que, me disait-elle, son propriétaire la menaçait de saisir ses meubles. Elle voulait quinze mille francs.

Elle prétendait que Buffalo s'était brouillé avec elle à cause de moi et que je la réduisais à la misère. D'abord, j'en conviens, je fus ému du désespoir de madame Berbier, sans compter qu'elle était adorable au milieu de ses larmes! Heureusement, j'eus peur d'être attrapé; cette réflexion me remit dans mon bon sens. Je consolai la belle de mon mieux; je lui promis de songer à sa demande et de lui remettre ma réponse dans la journée. Elle me le fit jurer et me dit adieu. Ma foi! savez-vous ce que j'imaginai? Je lui envoyai un bouquet de roses blanches! Le soir, je racontai mon aventure au club et j'en eus un vrai succès. La pauvre Olympe reçut le lendemain une avalanche de fleurs de tous ses amis. Il n'en est pas moins certain qu'elle ne m'avait pas menti; mais comment distinguer le vrai du faux?

La vie élégante ne donne pas seulement à l'intelligence cette netteté, cette précision, cette sûreté du jugement dont les gens du monde ont seuls l'usage, elle fournit surtout les moyens d'apprécier les choses à leur valeur véritable et de ne rien surfaire. C'est par là qu'on ôte aux passions ce qu'elles ont d'aveugle et d'entraînant. Vous souriez et pensez que je m'amuse à manier des paradoxes? En aucune façon, je vous jure; je parle très sérieusement, ainsi que vous allez en juger par mon exemple. Vous comprenez à peu près dans quel monde féminin j'étais lancé. Il ne se peut rien voir de plus raffiné. Eh bien ! qu'en résulta-t-il pour moi comme pour mes pareils? Que, dès notre plus jeune âge, nous avons été bronzés, trempés dans les eaux du Styx et rendus tous aussi incapables de subir les séductions de l'amour que les plus rigides parmi les pères du désert. Le diable qui tenta saint Antoine perdrait avec nous son latin, son grec et même son hébreu, et sa mise en scène et son petit ballet feraient, je vous le jure, un fiasco des plus misérables. Pourquoi? Parce que nous connaissons les femmes; toutes les candeurs du monde n'ont rien pour nous séduire, sachant ce qui réside au fond, et notre imagination éclairée *a giorno* ne nous égare dans les ténèbres d'aucune illusion.

Ce que je dis de l'amour, je le dis du jeu. Fort peu de nos amis se mettent au tapis vert par passion; je n'en connais même pas de cette espèce; on joue parce qu'il faut jouer, parce que c'est reçu; ce ne serait plus reçu que personne ne jouerait, absolument comme, à des époques nécessaires, il est de bon goût de se battre et de bon goût de ne se battre pas. Vous m'objecterez que, chaque année, un certain nombre de pigeons se font plumer. Que voulez-vous que je vous réponde? Ce sont des idiots, il y en a toujours; ils se sont laissé attraper; ils méritent leur sort; ce dont je puis vous répondre, c'est qu'ils n'ont pas la passion du jeu.

J'ai vécu, ainsi que je vous le dis, fort paisiblement pendant quelques années. Je ne prétends pas avoir compté parmi les hommes vraiment forts, qui savent réduire les autres à les servir; en réalité, je n'avais pas besoin d'éveiller en moi de si grandes facultés, n'ayant aucun motif d'en faire l'application; je ne me vante pas d'avoir tenu le premier rang parmi les illustres, mais je n'ai pas non plus été relégué au dernier; on me compte; enfin je suis quelqu'un; mon opinion a du poids au club, et un cheval dont je parle mal n'est pas coté haut dans les paris, si ce n'est par les entêtés. Si j'avais voulu m'appliquer à quelque chose, à je ne sais quoi, j'ai une vague idée que j'y aurais réussi tout aussi bien que la bonne moyenne des gens ordinaires. Car, vous le remarquerez, je suis absolument libre de tout enthousiasme pour quoi que ce soit au monde ! Je considère hommes, femmes, choses et idées, comme à peu près également indifférents, sauf l'usage qu'on en veut faire, et c'est, à mon sens, un grand élément de triomphe que de voir bien juste et froidement. Il n'y a pas de danger que je m'emporte !

En somme, n'éprouvant rien qui me pressât de me mettre en scène, je n'ai rien fait, et il ne m'est rien arrivé depuis que je suis au monde. J'ai beaucoup examiné, quelque peu réfléchi, point agi. Aller au club, en revenir, quelques déplacements de chasse, tous les ans quelques mois d'habitation chez moi, en province, je ne me vois aucun incident digne de mémoire dans les années qui ont précédé celle-ci. Je n'étais même jamais sorti de France; à quoi bon? Paris ne contient-il pas tout? La fantaisie que je me passe en ce moment, et qui me vaut le plaisir de souper avec vous, est la première de ce genre depuis que j'existe, et je vous dirai tout à l'heure à quelle cause elle doit la naissance.

Au commencement de l'hiver dernier, je me suis trouvé, pour la première fois de ma vie, dans une situation désagréable. D'abord je m'aperçus, et après examen, il me fallut bien le constater, que ma fortune se dérangeait. Cela me surprit; je n'avais rien fait absolument qui dût me préparer à cette découverte. Vous savez que je n'ai pas de passions. Néanmoins je vérifiai que j'avais perdu quelques paris qui ne laissaient pas que d'être assez considérables; que le whist de chaque soir, whist très bourgeois et très paisible, m'avait emporté une assez grosse somme; que, tout en me rendant un compte parfait du manège de Flora Mac-Ivor et en n'étant nullement sa dupe, je lui avais donné depuis trois mois beaucoup plus que je ne l'aurais soupçonné, et qu'enfin Hautebraye, à qui je croyais avoir emprunté quelque argent, m'en devait.

Je lui en parlai, et il en résulta entre nous une discussion d'autant plus désagréable, que je crus m'apercevoir qu'il m'exploitait. Il n'en était rien; j'en ai acquis la certitude. Ce serait plutôt moi qui, à certains égards, aurais abusé de son extrême candeur en bien des choses, car je suis infiniment plus fort que lui ! Mais vous comprenez que, du moment où l'on se croit trompé, on devient furieux. Nous eûmes donc une prise terrible et nous restâmes brouillés !

Ma vie se trouvait ainsi désorganisée, quand il m'arriva une autre histoire. Jean de Gordes, sans vouloir écouter personne, épousa cette danseuse des Délassements Comiques que toute l'Europe connaît sous le nom de Saute-Ruisseau. N'allez pas vous imaginer qu'il était amoureux d'elle ! D'abord elle n'est rien moins que jolie, légèrement gâtée par la petite vérole, et je lui vois, haut la main, trente-sept ans; mais mon pauvre ami avait là ses habitudes, et je crois, sans en être sûr, qu'elle lui avait fait signer des billets pour une grosse somme. Ces raisons n'empêchèrent pas le duc, l'oncle de Jean, d'entrer dans une sacro-sainte fureur. On s'en prit à moi, comme confident intime du coupable, parce que je ne l'avais pas détourné de cette sottise, et surtout parce que je n'avais pas prévenu la famille. La vérité est que l'événement n'étonna personne plus que moi; Jean ne m'avait rien confié de ses intentions, et, depuis plus d'un mois, Saute-Ruisseau, prudemment, m'avait, par un billet de l'orthographe la plus précieuse, interdit de jamais mettre les pieds chez elle.

Cette catastrophe, les ennuis qui m'en arrivèrent, ma querelle avec Hautebraye, le dérangement de mes affaires, ce n'était pas encore assez; il fallut que mon père mourût. J'en éprouvai le plus grand chagrin que j'aie eu de ma vie. C'était le meilleur des hommes, le plus gai, le plus facile à vivre; toujours amusant et si peu-poseur ! Je suis resté, sans le quitter d'une minute, près de son lit pendant les trois derniers jours. Je le vois encore étendu sur ses oreillers, avec cette tête toujours belle, toujours intelligente, si fine, et... ma foi ! C'était un vrai gentleman !

L'avant-veille de sa mort, il me fit signe des yeux de me pencher vers lui. Il ne parlait plus guère et ne pouvait pas élever la voix.

— Louis, me dit-il, on a de la religion ou on n'en a pas. Envoie Poinsot me chercher un abbé quelconque.

Comme il vit que les larmes me gagnaient, il ajouta :

— Voudrais-tu que je finisse autrement que je n'ai vécu? Suis-je ou non un homme comme il faut?

J'envoyai Poinsot à la paroisse. Il ramena presque aussitôt un jeune prêtre d'une bonne tenue, que je laissai avec mon pauvre père.

Au bout d'une demi-heure, l'abbé sortit de la chambre et je me contentais de le saluer, pensant que nous n'aurions rien à faire ensemble, quand, après une certaine hésitation, il s'arrêta, et me conduisant dans l'embrasure d'une fenêtre :

— Monsieur, me dit-il, voulez-vous me permettre de vous demandez votre concours dans l'intérêt de votre père?

Je fus étonné et mis en défiance par ce début. Cependant je m'inclinai.

— Votre père, continua l'abbé, est un homme meilleur et il a plus de cœur qu'il ne le croit. Malheureusement, il ne sait rien de sérieux, et le moment où il est arrivé...

Il me regarda d'un air grave. Je baissai les yeux et me sentis mal à l'aise. C'est extraordinaire comme ces gens-là ne respectent rien et ne veulent pas être simples !

— Que puis-je en ceci? lui dis-je un peu sèchement.

— Je voudrais que vous lui parliez de votre mère, me répondit-il.

C'était fort délicat, et je fus choqué de cette intervention d'un étranger dans nos affaires de famille. Il dut me trouver froid; il me salua et sortit.

Mon père était assez tranquille.

— Je crois, murmura-t-il à mon oreille, avoir accompli ce qui se doit en pareille circonstance. L'abbé reviendra ce soir et je serai en règle. Je t'assure que j'en suis bien aise. Maintenant laisse-moi te donner un conseil, Louis. Veux-tu me croire?

— Très volontiers, répliquai-je.

— Ne t'avance pas trop, continua-t-il, avec une

ombre de sourire où se reflétait encore son charmant esprit. Eh bien ! donc, quand tu seras marié, tâche de ne pas faire trop de sottises, hein? parce que, vois-tu...

Il n'en dit pas davantage, et, depuis ce moment, il ne me prononça plus mot.

J'eus la douleur de le perdre. Je me trouvai dans une disposition tout à fait nouvelle, ne sachant que faire, ni de moi-même, ni de mon temps. Je n'avais nulle envie de retourner au club où j'avais jusqu'alors passé ma vie, et, les premières semaines écoulées, quand je sentis qu'il fallait pourtant reprendre à quelque chose, je ne trouvai que le vide. Le matin, je fumais deux ou trois cigares, je lisais un ou deux journaux, je m'habillais, je sortais j'errais de droite et de gauche. Je ne savais personne que j'eusse la moindre envie de regarder.

Ce fut dans cette triste disposition qu'un jour je rencontrai Gennevilliers. Je l'avais connu au club quelques années auparavant; mais il n'y venait presque plus depuis son mariage et s'était fait nommer député. Il m'emmena chez lui et me présenta à sa femme.

La semaine suivante, j'y dînai. Il n'y avait personne; je passai la soirée là. Certainement, un mois auparavant, je m'y serais fort ennuyé; je ne sais comment, le temps ne me parut pas trop long et je me trouvai bien. Gennevilliers n'a pas précisément ce qu'on peut appeler de l'esprit; mais on aperçoit en lui de la bonté. La politique est sa grande affaire. Il prétend que, si l'on n'y prend garde, la société est en train de se perdre. Il s'occupe d'un tas de choses auxquelles je n'avais jamais songé. Il parle bien et, en somme, est intéressant. Je crois qu'il a pour moi la plus sincère amitié et je la lui rends. Ce qui est également vrai, c'est que je ne saurais plus vivre sans lui et sans sa femme.

Ah! quant à elle, croyez-moi, c'est une perle! Je ne sais pas s'il existe ou non, dans le monde, beaucoup de personnes qui lui ressemblent; vous savez que j'y ai peu vécu; ce n'est pas l'usage parmi mes contemporains; mais si madame de Gennevilliers n'est pas unique dans son espèce, il faut avouer que notre nation se montre bien admirable encore! Lucie est jolie à ravir, blanche, fraîche, délicate comme une fleur; les plus beaux yeux et les plus sincères, les plus candides! Je ne sais comment je m'y prendrais pour lui dire un seul mot qu'elle ne voudrait pas entendre. Elle s'unit à tout ce que pense son mari et se passionne pour ses idées, non comme une prophétesse qui entraîne, ce qui accuserait beaucoup de force et peu de grâce; mais comme une ravissante disciple! Elle est très élégante dans ses habitudes, dans ses toilettes, dans l'aménagement de sa maison, et un ordre merveilleux règne autour d'elle; il semblerait que les choses se classent et s'accommodent ainsi toutes seules, par la seule vertu de sa présence. Je ne lui ai jamais vu déployer, si peu que ce soit, la pédanterie de la ménagère. Ses enfants sont doux, paisibles, bien élevés, et elle ne gronde jamais. Quand je dis qu'elle ne gronde jamais, cela ne s'étend pas à moi, qu'elle gronde assez souvent, et elle me réduirait au désespoir si son mari ne venait à mon aide et ne me défendait pas.

Je suis amoureux d'elle, il n'y a pas de doute; mais comme je serais fâché qu'elle le fût de moi ! Pauvre enfant ! Ce serait le plus grand malheur qui pût nous arriver à l'un et à l'autre ! Je m'arrange de façon à ce que rien de semblable ne se produise, et j'évite avec le plus grand soin de la voir seule, hormis les circonstances où il ne saurait en résulter aucun inconvénient. D'ailleurs, avec sa droiture extrême, elle est prudente, elle connaît le monde, et, je le vois, elle ne veut rien risquer, Mon existence a pris ainsi une direction nouvelle.

Quand je suis à Paris, je passe à peu près chaque soirée chez Gennevilliers. Lucie et lui m'engagent à me préparer à la vie publique; ils entendent, sur ce point, les choses autrement que je ne le faisais. Je croyais suffisant de me laisser nommer à une position quelconque, soit par les électeurs, soit par le gouvernement. Avec mon bon sens naturel et mes connaissances générales, j'étais assez sûr de me bien tirer de tout. Ils pensent différemment, et quand je leur ai exposé mon système, qui est universellement admis et pratiqué, Gennevilliers a souri avec amertume et Lucie s'est indignée.

— Monsieur de Laudon, m'a-t-elle dit, ce sont des sophistes comme vous qui perdent et ruinent tout !

— Ma chère amie, a interrompu Gennevilliers,

ce sont les prédicateurs comme vous qui font les hérétiques obstinés.

Je me suis défendu quelque temps; mais, comme mes moments sont peu précieux, qu'ils me pressaient beaucoup et que j'avais peur de tomber dans la mésestime de Lucie, je me suis mis peu à peu à examiner de plus près certaines questions; Gennevilliers m'a offert d'assez gros livres; et, comme Lucie souriait en me les voyant prendre et jurait que je ne les lirais pas, je me suis piqué d'honneur; j'en ai parcouru quelques pages, et il est de fait que je ne m'ennuie plus autant. Je me surprends même çà et là à étudier pour le plaisir de le faire, indépendamment de la gloire de défendre ma science contre la taquinerie mutine de madame de Gennevilliers.

Elle a passé une partie de son enfance à Naples. Depuis son mariage, elle a fait conjugalement un voyage en Espagne, un autre en Orient; maintenant elle est en Suisse. J'ai remarqué que d'avoir vu beaucoup de singularités a certainement implanté quelques idées originales dans cette petite tête, et, bien que toujours convaincu que tout est dans tout, et que la meilleure cervelle du monde peut avoir la somme de ses mérites pleinement épanouis sans s'être fait chauffer par des soleils différents, je ne suis pas fâché de me mettre au pair avec Lucie et de lui arracher cette supériorité factice qu'elle m'impose. D'ailleurs, j'étais heureux de l'accompagner cette année pendant une partie du chemin. Maintenant, je vais connaître Milan, je me rendrai à Durbach et visiterai, en allant et revenant, ce côté de l'Allemagne; l'année prochaine, je serai en Égypte, et, sans en rien dire, vous me voyez résolu à pousser jusque dans l'Inde, afin d'avoir le plaisir, le reste de mes jours, d'offrir de temps en temps, à ma persécutrice, une historiette qui commencera par ces mots : « Lorsque j'étais à Bombay », ou bien : « L'usage des habitants de Ceylan est de... ». Par ce moyen, je me mettrai au moins au pair avec elle et je vivrai tranquille.

Je ne sais pas si, vous autres, vous comprendrez qu'avec cet amour, tel qu'il est, je m'estime fort heureux. Il faut savoir que les Français sont de tous les peuples du monde celui qui se contente à moins de frais. Les Anglais, les Allemands, les Italiens vont courir les terres et les mers pour gagner de grosses fortunes. Dans ce genre de turbulence, les Américains tiennent école. Il se peut que ces aventuriers réussissent, mais souvent aussi ils échouent, et, dans tous les cas, la plus grande partie de leur existence se passe à être ballottés d'incertitudes en périls et de périls en chocs violents. Cela leur plaît et nous est odieux. Aussi, nous voyez-vous, dans toutes les classes, constamment soucieux de nous arranger une bonne petite médiocrité héréditaire. Le paysan s'occupe beaucoup moins d'améliorer son sort, en risquant un peu de ce qu'il a, que de trouver une cachette sûre pour y enfouir et conserver son mince trésor. L'homme de catégorie moyenne a végété sa vie entière, afin de devenir juge en province ou médiocre employé;

mais il prépare obstinément ses fils à l'imiter, en vue de la retraite, aussi certaine que misérable, au moyen de laquelle lui et eux termineront leur carrière. Un bon tiens vaut mieux que deux tu l'auras, et c'est pourquoi vous me voyez enchanté de moi-même et des autres.

Ici Laudon frappa sur le genou de Lanze d'un air amical et déclara son histoire terminée.

CHAPITRE VIII

Le jeune voyageur anglais, voyant Laudon considérer Lanze d'un air assez triomphant, lui dit avec douceur :

— Seriez-vous disposé à vous formaliser, si j'ajoutais à votre récit biographique un petit bout de commentaire?

— Personne n'est moins susceptible que moi, et je me livre pieds et poings liés à vos piqûres.

— Mon intention n'est pas de vous martyriser; seulement, comme je suis étranger, ainsi que vous l'avez remarqué vous-même avec infiniment de vérité, il est naturel que je considère sous un jour qui m'est particulier plusieurs faits que vous apercevez sous un autre, et de là il résulte que ce qui vous paraît rose me semble noir.

— Dites-moi donc votre avis sur moi-même sans plus de préambule, puisque c'est de moi qu'il s'agit !

— Pas du tout ! Il s'agit de l'espèce à laquelle vous appartenez, et nullement de l'individu. Je marque que le grand pivot de l'existence française roule sur la peur d'être attrapé; attrapé par les hommes, attrapé par les sentiments, attrapé par les passions. En un mot, vous voulez tous être de subtils personnages auxquels personne ni rien au monde ne saurait en faire accroire. A cet effet, vous trouvez fort à propos d'enlever à l'enfance sa candeur, à la jeunesse sa confiance, à l'âge fait son enthousiasme, et comme, naturellement, étant gens d'esprit et d'exécution, vous réussisez dans la tâche que vous avez entreprise, tout ce qui est humain dans votre âme se trouve arraché, flétri ou mutilé, et fait place à une sorte de sagesse en métal de composition dont on ne saurait dire au juste si c'est de l'alfénide ou du similor. Ceci m'explique pourquoi vous coupez le cou à vos monarques naturels et chassez vos princes héréditaires, afin de vous remettre pieusement aux mains du premier venu.

Ceci m'explique encore pourquoi, étant constamment sur vos gardes, vous êtes le pays où les fraudes de toute espèce réussissent le mieux, pourvu toutefois qu'elles s'appuient sur l'absurde. Outre que l'intéressante assemblée des fripons de l'Europe n'a pas une meilleure auberge que votre capitale, je ne vous rappellerai pas qu'il y a un certain nombre d'années, cette même capitale, Paris, la ville éclairée par excellence, n'a pas douté pendant plusieurs semaines qu'on avait découvert des hommes dans la lune; mais je vous remettrai en mémoire qu'avant-hier, votre Académie des sciences, réunion d'hommes graves ou qui pourraient l'être, s'occupait à examiner l'authenticité d'un certain nombre de manuscrits, parmi lesquels il s'en trouvait de la main de Salomon.

Vous-même, et vous me pardonnerez de vous citer en compagnie d'aussi illustres exemples auxquels on ne saurait être associé sans gloire, vousmême, à quoi cela vous a-t-il servi de ne croire ni à l'amitié, ni à l'amour, ni à rien? Cela vous a servi à être dupé par votre cousin, dupé par mademoiselle Flora Mac-Yvor, dupé par M. Jean de Gordes, et vilipendé par l'aimable Saute-Ruisseau qui est marquée de la petite vérole. A la vérité, vous avez échappé au ridicule de prendre au sérieux l'autorité de monsieur votre père, que vous aimiez cependant beaucoup, et surtout l'abbé ne vous a pas pris sans vert, quand il a essayé de vous faire rentrer en vous-même. Vous avez échappé, dis-je, à ces périls avec une adresse qui me fait vous absoudre d'avoir perdu tant d'argent au club sans aimer le jeu.

— Ce petit discours vaut son pesant de persiflage, s'écria Laudon en riant aux éclats, et il est d'autant plus méchant que j'y prête; mais vous avez tort de me croire incapable de ressentir de l'amour. Qu'est-ce donc que mon sentiment pour madame de Gennevilliers?

— Si c'était de l'amour, vous commenceriez par vous en taire; mais là je retrouve encore une de ces irrégularités qui nous étonnent, nous autres étrangers. Les mots, chez vous, n'ont plus leur sens vrai. Vous n'êtes pas du tout amoureux de la

femme de votre ami, et même, comme vous l'ex-
pliquez fort bien, vous seriez désolé de l'être. Ce
que vous ressentez pour elle, c'est l'affection douce
et tendre qu'une aimable personne fait naître, et
qui a tous les droits à s'appeler amitié. Mais, justement, vous autres Français, vous avez émis cet
axiome : « Il n'y a pas d'amitié possible entre
« homme et femme. » Ce qui revient à proclamer
que tous les messieurs que vous rencontrez dans
un salon ont sur la maîtresse du logis, pour peu
qu'elle soit jeune, les prétentions les plus étendues,
ou, ce qui est beaucoup plus vrai, prétendent se
réserver le droit de les avoir s'il leur convient; on
n'use pas de cette prérogative; ces redoutables
séducteurs sont les meilleures gens du monde et,
souvent, les amis les plus réels et les plus solides;
mais, que voulez-vous? Il faut avoir l'air vainqueur,
et les bonnes gens répéteront l'axiome national
et l'approuveront devant leur victime, très ras-
surée, avec une naïveté dont ils ne jouissent pas;
et voilà pourquoi et comment vous êtes amoureux
de madame de Gennevilliers.

Laudon leva les épaules .

— Je l'avais prévu ! s'écria-t-il, je vous l'avais
dit ! Il y a dans tout ceci des nuances, des délicatesses extrêmes, qu'un Français seul peut saisir !

— C'est mon avis, répliqua l'inexorable Nore;
et, maintenant, allons nous coucher. Il est trois
heures du matin.

Les voyageurs gagnèrent leurs lits, où ils dor-
mirent fort bien jusque vers neuf heures. Alors ils

se levèrent. La matinée était ravissante. Un vent tiède courant sur les eaux du lac et les fronçait par grandes ondes. En haut du ciel, à peine quelques petits nuages blancs floconneux dormaient au sein de l'azur, et, dans tous les arbres fleuris des rivages les oiseaux menaient un tel train de chants, de gazouillis, de trilles précipités et de cris aigus, chacun y était si affairé, volant et se mêlant aux bandes tumultueuses, qu'évidemment c'était le jour des demandes en mariage dans ce petit monde de vagabonds.

Après avoir bouclé leurs valises, les trois calenders prirent congé les uns des autres. Nore, ayant décidé qu'il accompagnerait Laudon, partit avec lui pour Milan, et Lanze continua solitairement sa route vers Florence. Quand il se trouva seul, ses pensées reprirent leur cours naturel. L'attraction que les esprits de ses compagnons avaient exercée sur le sien cessa de se faire sentir. Il retomba dans une mélancolie sombre, et il arriva dans cette ville misérable, résolu à faire son devoir, ne prenant aucun plaisir ni à la vie, ni à son art, ni à rien.

Il était installé à l'hôtel depuis deux jours, tâchant de s'occuper de ses travaux, quand un matin, en traversant une rue, il s'entendit appeler d'une voix forte, et, se retournant, il aperçut à dix pas de lui le prince Ernest de Burbach, frère de son souverain. Comme il mettait le chapeau à la main et s'avançait avec un sourire respectueux, mais contraint, Son Altesse, qui donnait le bras à un gros homme assez commun, lui cria.

— Qu'est-ce que tu fais ici? Je n'imagine pas que notre despote t'ait chassé du pays pour ton libéralisme? Tu ne te mets pas dans des cas pareils, ni toi ni ton bonhomme de père? Tenez, Franier, voulez-vous un type accompli de codin, de réactionnaire, d'ultra, d'aristocrate, d'écrevisse humaine, bref, de cette espèce, quel que soit le nom qu'on lui donne, dont toutes les pensées marchent à reculons? Laissez-moi, dans ce cas, vous présenter M. Conrad Lanze, fidèle sujet et serviteur dévoué de Jean-Théodore, principicule de Wœrbeck-Burbach! Conrad, voici M. Symphorien Franier, publiciste du premier mérite, dont le nom ne t'est certainement pas inconnu.

Ce fut précisément parce que ce nom n'était pas inconnu à Conrad, qu'il éprouva un sentiment particulièrement désagréable en voyant le prince en pareille compagnie. Il s'inclina néanmoins, et ôta son chapeau, car, Dieu merci, on a, de tous côtés, vu et éprouvé tant de choses, l'eau bénite s'est trouvée si souvent sans forces, et la flamme de l'enfer a si fréquemment lâché sa proie, que chacun ayant la conviction de ne pouvoir détruire l'autre, si le Saint-Esprit se rencontrait avec l'Esprit malin, tous deux se salueraient.

M. Symphorien Franier offrit un cigare à Lanze qui le refusa, et un autre au prince qui l'accepta, et ce dernier se plaçant entre ses compagnons et les prenant chacun par-dessous le bras, on se mit en promenade.

— Voyons, décidément, Conrad, quand aurons-nous une constitution un peu sensée dans notre pauvre pays? Ce furent les premières paroles que prononça Son Altesse après avoir allumé son trabucco à celui de Franier. Est-ce que mon nigaud de frère ne comprendra jamais que le parlementarisme a fait son temps? que la démocratie est la seule force existante? que ce qui n'est pas avec elle est contre elle et sera broyé? que le temps des petits États est fini, archifini, et que l'avenir appartient aux grandes agglomérations d'intérêts? Voyons! il ne comprend donc rien? C'est donc une brute, que ton honoré maître?

— Monseigneur, repartit Conrad, si Votre Altesse n'a rien à m'ordonner, je lui demanderai la permission de me retirer.

— Un seul mot! Pourquoi monsieur mon frère ne répond-il pas à la lettre que je me suis fait l'honneur de lui adresser, par la voie des journaux, en faveur des sociétés ouvrières?

— Je ne le lui ai pas demandé et, dans tous les cas, le prince ne me l'aurait pas dit.

— Tu entends, Franier, ce sont tous des esclaves comme celui-là, dans notre pauvre Burbach!

— Ni monsieur ni moi, répondit Franier en grasseyant, nous ne comprenons pourquoi tu t'emportes. Monsieur Lanze, Wœrbeck est un cœur chaud et vraiment humanitaire; il ne faut pas lui en vouloir et, d'ailleurs, il a reçu une éducation de prince, c'est-à-dire qu'en quoi que ce soit, il connaît la vraie façon de s'y prendre.

On eût asséné à Conrad un coup de poing sur la

tête qu'on ne lui eût pas fait éprouver une sensation plus odieuse que celle qui l'envahit en entendant un M. Franier tutoyer le prince. Celui-ci n'eut pas l'air d'en prendre le moindre souci, et le publiciste, comme il l'avait appelé, continua son petit discours conciliant.

— Vous êtes artiste, monsieur?

— Oui, monsieur.

— Les arts sont la religion de l'avenir ! Quand l'homme se contemple dans sa propre pensée, il voit Dieu et, aussitôt, il se répand en œuvres magnifiques ! Je ne sais si vous êtes de mon avis, mais je boirais volontiers quelque chose.

— Allons boire quelque chose, dit le prince.

Conrad insista pour se retirer, et, malgré les efforts des deux associés, il réussit à se dégager et retourna chez lui. A peine y était-il que le prince Ernest entra dans sa chambre.

Il avait toujours l'air souriant. Cependant il arpentait l'appartement de long en large, et tantôt s'arrêtait devant la pendule, tantôt devant les lithographies ou gravures suspendues à la muraille; il touchait aussi le sucrier et dérangeait les flambeaux; bref, il avait quelque chose à dire et ne savait comment débuter. A la fin il prit son parti.

— Du diable si je me gêne avec toi ! s'écria-t-il; je suis venu pour te parler sincèrement, là, et du fond du cœur ! Eh bien, je n'ai plus le sou ! Voilà le grand mot lâché ! Tu entends bien, je n'ai plus le sou, et, de gré ou de force, par contrainte ou par amour, il faut que mon frère ouvre sa bourse ! Tu peux le lui écrire de ma part, et c'est pour t'en informer que me voici.

Conrad ne répliqua pas. Le prince Ernest, se dandinant d'un air gauche et ricanant en tortillant son cigare, poursuivit d'une voix aigre :

— Penses-tu, par hasard, que c'est pour mon plaisir que je me promène avec un citoyen Franier? As-tu fait attention à ses bottes? Elles ont déjà été usées par deux de ses amis et ne sont à lui qu'en troisièmes noces! Mais il me faut de l'argent, et quand ces deux syllabes *il faut* se glissent quelque part, on obéit, mon pauvre Conrad!

— Je ne vois pas en quoi les bottes de M. Franier pourraient donner à Votre Altesse ce qui lui manque.

— Ni moi non plus, mais le journal dudit monsieur et la bande de coquins attachée à ses talons ne sont pas des alliés à mépriser; et Conrad, je veux que le diable m'étrangle si je ne cours pas aux dernières extrémités, plutôt que de continuer à vivre comme je le fais! Ne prends pas mes menaces pour vaines! Garde-toi de les mépriser! ajouta-t-il en levant le bras et devenant rouge comme un coq. J'ai des accointances plus puissantes que tu ne peux le croire! On me fait, de bien des endroits, deux entre autres, des offres qui, si je les accepte, me donneront une situation bien autre que celle d'un faquin de petit dynaste comme mon frère!

— Alors, pourquoi Votre Altesse ne les accepte-t-elle pas?

— Tu me demandes pourquoi je veux épuiser les moyens de conciliation avant de recourir à des moyens..., mais, là, des moyens qui ne vous feraient pas rire, vous autres? Eh bien ! je te réponds que c'est parce que je mettrai jusqu'à la dernière heure le bon droit et les formes de mon côté. Finissons-en ! Tiens ! Écris de suite à Théodore; il n'est que temps ! Qu'on paye mes dettes..., un million ! Quinze cent mille francs pour moi et je me tiens tranquille ! Sinon, prenez garde à vous, vous et bien d'autres !

Là-dessus, le prince Ernest sortit après avoir donné du poing sur la table.

Lanze était indigné, mais non surpris. L'auguste personnage qui venait de l'honorer de sa visite, de ses confidences et de ses commissions, lui était connu de tout temps. Il crut utile d'avertir son souverain de ce qui se passait et se montra ainsi messager diligent, bien qu'avec de tout autres intentions que celles dont son interlocuteur eût souhaité lui donner l'intelligence. Mais aucune amitié ne pouvait se rétablir jamais entre un Lanze et le prince Ernest. Le vieux docteur y avait mis bon ordre, dès longtemps, pour lui-même et son fils, au moyen d'une démonstration scientifique.

Un soir qu'au palais, le rejeton mal venu de la maison régnante avait, dans une scène violente, pris le serviteur de sa famille au collet et l'avait secoué comme un prunier dans la saison des fruits, le savant rentré chez lui et en possession plénière de son sang-froid, de sa robe de chambre et de sa pipe, avait dit à Conrad :

— Je suis ravi de ce qui vient d'arriver ! Quelle

manifestation irréfragable de l'atavisme ! Malheureusement, la qualité du sujet s'oppose à ce que j'en fasse l'objet d'une communication à la *Revue médicale !* Pendant que je me colletais avec ce jeune énergumène, je fus frappé de lui voir absolument les mêmes yeux qu'au portrait de son infâme trisaïeul maternel, Jérome Weiss, devenu landgrave de Hütten pendant la guerre de Trente ans, mais qui n'était qu'un pandour, et, sur cette indication précieuse, je lui ai retrouvé, pendant que je rajustais mon habit, les contours de la bouche et la forme du menton de sa quadrisaïeule Philippine Hartmann, la fille du cordonnier, si lamentablement épousée par amour, et dont son mari ne légitima les enfants qu'à force d'argent prodigué aux conseillers auliques !

Cette doctrine avait pénétré l'esprit du sculpteur et il considérait le prince Ernest sous le même jour qu'un tjandala peut l'être par un Hindou. Le misérable est issu de Brahma, sans doute, mais des pieds du Dieu.

LIVRE II

CHAPITRE PREMIER

Après la scène avec Conrad, Jean-Théodore avait regagné le château au travers des allées tortueuses du parc anglais, le front baissé, triste, songeur. En entrant dans le petit salon tendu de perse, qui fait suite à son cabinet, il avait trouvé la comtesse. Elle venait d'arriver. Elle était assise sur un canapé. Elle gardait son chapeau, ses gants, et se tenait les mains croisées, regardant droit devant elle.

— Je suis née pour mon malheur et celui des autres, murmura-t-elle, en réponse aux paroles affectueuses de Jean-Théodore.

— Que voulez-vous dire?

— Je vais vous affliger !

— Mais encore?

— Quittons-nous et pour toujours ! Je pars dans quelques heures.

— Y songez-vous ?

— Je songe à tout. Je vous aime, Théodore !
Vous le savez. Je ne me le cache pas à moi-même,
je ne veux pas vous le taire.

Elle lui tendit les mains. Il les prit et les baisa.
Elle les retira de suite, et le considérant avec un
sourire douloureux :

— Oui, je vous aime, mon ami, mon meilleur,
mon plus cher ami, et si je ne vous ai donné d'autres
preuves que des paroles, croyez-moi..., oui ! croyez-
moi ! c'est que j'étais avertie par un instinct in-
faillible que ce cher lien serait tôt ou tard brisé
par la fatalité qui me suit !

— Enfin ! expliquez-vous ! Vous m'effrayez !
Est-ce un caprice?

— Un caprice? Je n'en ai pas ! De l'affection,
oh ! oui, plein le cœur et pour vous, pour vous
seul et toujours, toujours, entendez-vous bien?
Ce sentiment unique me dominera, me conduira,
m'aveuglera, fera à la fois mon désespoir et mon
bonheur, aussi longtemps que je vivrai !

Jean-Théodore s'assit sur le canapé et prit de
nouveau une main qui cette fois ne lui fut pas
retirée.

— Au nom du ciel, Sophie, avouez vite ce qui
vous trouble ! Quel obstacle si puissant s'élève
entre nous? Quel désastre vous arrache à moi, au
moment où j'espérais vous toucher?

— Le devoir, répondit madame Tonska, d'une
voix ferme.

— Quel devoir?

— Mon ami, ne vous affectez pas ! Vous êtes pâle, agité... Vous me tuez ! J'ai besoin de mes forces. Je suis plus à plaindre que vous !

Elle cacha sa tête dans les coussins du canapé, et de longs sanglots sortirent de sa poitrine. Un moment passa ainsi ; quand elle se releva, elle avait son beau visage inondé de larmes. On peut penser quel était l'état du prince. Il suppliait, il conjurait.

— Je vais rejoindre mon mari, dit-elle.

— Votre mari ! Il fut stupéfait.

— Oui, cette parole doit vous surprendre. Cet homme, qui ne m'a épargné aucune douleur, aucune humiliation, je suis à lui, pourtant, Théodore, et je quitterai pour lui le meilleur, le plus délicat, le plus chevaleresque des amis ! Vous devez estimer, vous, tout ce qui sort du sentier commun et savoir que plus une tâche est difficile, plus aussi elle s'impose à des consciences comme les nôtres.

— Je ne comprends pas un mot à ce que vous me dites ! s'écria enfin le prince, et je vous supplie de vous expliquer. Depuis quand votre mari a-t-il un droit quelconque sur vos résolutions ?

— Depuis qu'il a atteint le fond de l'abîme où ses vices et ses erreurs l'ont précipité. Vous savez que, pour certaines raisons inutiles à vous rappeler, il avait été exilé de Pétersbourg, il y a un an, et envoyé comme major à l'armée du Caucase. Ce châtiment ne l'a pas corrigé. Il a continué son genre de vie. Il a joué, il a perdu, il a forcé la caisse de son régiment, il a dissipé ces dernières ressources.

Appelé en présence du général pour rendre compte de sa gestion, comme il était ivre, il a insulté son supérieur. Celui-ci, généreusement, a cherché à étouffer l'affaire. Il a nié ce que chacun savait, mais, comme le scandale était immense, M. Tonski a été envoyé, simple soldat, à la frontière persane. Mon ami, c'est un lieu redoutable ! La fièvre y sévit toute l'année. A peine les tempéraments les plus robustes y tiennent-ils deux ans ; bon gré mal gré, on meurt. M. Tonski le sait. Il m'a écrit ; le repentir le plus amer, la douleur la plus poignante respirent dans cette lettre. Tenez la voilà, prenez, lisez ! Pour moi, je pars, et j'irai consoler l'auteur de mes misères.

Le prince saisit le papier que lui tendait Sophie. Ce qu'il y trouva, ce fut l'accablement, ou, pour mieux dire, la prostration d'un homme sans nerf et sans courage qui, chargé du loyer de ses fautes, succombe sous le poids, et crie bonnement aux échos, demandant merci et de l'aide.

Il s'efforça de faire passer sa conviction dans l'âme de son amie. Mais il n'y réussit à aucun degré. Si le comte Tonski avait été simplement un malheureux, n'ayant de torts que ce qu'il en faut pour rendre légitimes les rigueurs du destin, sa femme se serait peu préoccupée de lui ; c'était présicément, uniquement la perversité excessive du cas qui allumait son imagination. Elle était d'autant plus emportée à un dévouement extraordinaire, que celui pour lequel elle le méditait le méritait moins ; de sorte que plus le prince la raisonnait, mieux il lui démontrait l'infamie de son mari, aussi plus il fortifiait sa romanesque résolution. Une sainte n'eût pas mieux fait. Elle était charmée de dépasser les saintes.

— Adieu, dit-elle, ne me pressez pas davantage. Adieu. Tout est inutile. Je suis résolue. Comme la Cour sera étonnée demain, n'est-ce pas? Que de commentaires ! Les bonnes langues de la résidence ne vont guère m'épargner ! Ne vous en occupez pas. Laissez dire ! Une sorte de joie mélancolique résulte d'être mal jugé. Rappelez-vous toujours que je vous aime. Oui, Théodore, vous étiez l'époux de mon âme.

Il faut l'avouer : le prince était plus étonné, et, en vérité, plus blessé, plus irrité qu'attendri. Ce que la comtesse considérait comme surhumain et sublime lui semblait insensé et presque odieux. Au bout d'un quart d'heure, la colère prit chez lui le dessus. Des supplications, des raisonnements tendres, il en vint aux aspostrophes véhémentes et ne ménagea pas les sarcasmes. Sur ce terrain, il trouva une digne adversaire. Un orgueil de fer heurta le sien, et la plus violente des altercations éclata comme une tempête. Ce fut un tournoi à fer émoulu où les deux tenants firent merveille. Des deux parts, on se visa en pleine poitrine. Le prince malmena rudement les comédiennes de vertu, récrimina sur un besoin d'émotions qui se satisfaisait par des seènes constantes et déplacées, et dénonça une coquetterie froide qui conduisait à des aventures comme celles de Conrad Lanze.

L'amante, pâle de fureur et se prenant au style le plus serré de l'étiquette, ne parlant plus ni à Théodore, ni à l'ami, ni à l'époux de son âme, mais à Monseigneur, à Son Altesse Royale, proclama en termes outrageants la bassesse bien connue des souverains, et étala avec raffiniment la fameuse anecdote en faveur de laquelle Dieu, après avoir créé l'homme, trouvant un reste de boue à sa disposition, en fit les laquais, puis les princes. Elle déclara que ce qui était généreux n'était pas du ressort de Son Altesse Royale. Elle avoua que si elle avait congédié Conrad, c'était pour son propre honneur; mais qu'au fond elle l'aimait et regrettait de n'avoir pas suivi son penchant pour une créature si noble; enfin, elle termina sa péroraison. Jean-Théodore, réduit au silence, n'ayant plus d'autre ressource que de se ronger les poings, était tombé morne dans un fauteuil.

— Monseigneur, un mot encore! Bien que le plus parfait mépris ait succédé à une erreur que je pleurerai toute ma vie, je supplie Votre Altesse Royale de peser le dernier conseil d'une personne qui lui veut du bien Je vous dois la vérité. L'illusion qui me faisait croire à vos qualités ne m'a jamais aveuglée sur l'insuffisance de votre génie. Vous ne comprenez pas votre époque, et la façon dont vous gouvernez ruinera et vous et votre famille. Vous courez les yeux fermés à une révolution! Oh! ne souriez pas! N'affectez pas de me faire comprendre par ce haussement d'épaules votre dédain bien connu pour les femmes politiques ! Je ne suis pas à l'apprendre. Chaque fois que j'ai voulu, avec les ménagements de l'affection la plus méconnue mais la plus fidèle, vous amener devant la vérité, vous avez fermé les yeux davantage et affiché, avec moi, des airs de supériorité et essayé des railleries dont je ne m'offense plus désormais. Vous n'avez nul sujet de m'accuser de jouer à la Maintenon, puisque je vous quitte pour ne jamais vous revoir. Vous savez, vous sentez trop que la conviction la plus franche m'arrache seule mes paroles. Faites donc un effort ; rentrez en vous-même ; changez de système, renvoyez vos laquais qui vous servent de ministres, et faites en sorte que, bientôt, du fond de mon exil, je puisse apprendre que l'homme qui m'a intéressé pendant quelques jours, n'était pas indigne de tout point du sentiment que j'abdique à cette heure !

En écoutant ces paroles, Jean-Théodore, froissé, redevint par ce seul motif maître de lui. Il regarda froidement la pythonisse, et quand, à la fin de son discours, elle lui fit une profonde révérence et marcha à reculons vers la porte, il se leva, et salua à son tour, comme s'il mettait fin à une audience ordinaire.

Sur le seuil, la comtesse s'arrêta ; l'indignation enflamma ses yeux, gonfla ses narines, et voyant le prince impassible et ne lui disant mot, elle éleva les deux bras comme pour le maudire, et s'écria d'une voix stridente :

— Vous êtes un misérable !

Puis elle sortit. Il est fâcheux pour les sentiments tragiques que les formes de la vie moderne ne s'y prêtent pas. Quand madame Tonska arriva dans la salle d'attente, elle n'y rencontra personne. Une lampe fumeuse éclairait fort mal, et elle eut quelque peine à trouver l'issue par laquelle elle devait sortir. Elle arriva comme à tâtons dans l'antichambre déserte. C'est qu'il était trois heures du matin. Elle dut aller de droite et de gauche, ouvrant les portes dans les ténèbres. Il lui fallut appeler. On peut s'imaginer ce que furent ces diverses opérations pour une personne dans sa disposition d'esprit et qui eût voulu garder sa dignité. A la fin, un valet de pied se montra. La comtesse demanda ses gens; on réveilla les uns, on chercha les autres à l'office. L'empressement même qu'on mettait à se hâter rendait la situation plus prosaïque. Enfin, la voiture arriva sous le perron, madame Tonska y monta et partit, dans un désordre de sentiments, grands, petits, agacés, exaspérés, qui seraient extrêmement difficiles à débrouiller et à décrire.

Pour Jean-Théodore, une fois seul, il avait repris sa promenade.

Quand on a du chagrin, quand on a de la joie, c'est également alors que se font les examens de conscience. Le prince se trouva fort à plaindre. Tout revenait pour lui à dire : Je voudrais être aimé. Il ne l'était pas. Il avait donné beaucoup et rien reçu. Tandis qu'il livrait son cœur, on jouait avec. L'indignation ne le tirait pas d'affaire. Il avait beau se répéter : Je me consolerai; en attendant, il souffrait.

Puis, qu'est-ce que c'est qu'un prince devant les soucis de l'existence commune? Le plus désarmé des êtres. Il ne peut pas courir après celle qu'il veut ramener; il ne peut pas crier quand on lui fait mal; il ne peut pas demander ce qui lui manque. Il faut, bon gré mal gré, qu'il se prélasse noblement au travers de la vie, réglant la cadence de ses pas sur un air majestueux exécuté par l'orchestre des convenances, et, pour peu qu'il se hâte ou s'arrête, il fausse son métier, ce qui le déshonore. Ce n'est pas ainsi que régnaient jadis Théodoric, roi des Goths, ou le khalife Mansour; mais c'est la mode actuelle, il faut s'y soumettre, et, plus un prince agrée à son entourage, plus on peut être convaincu qu'il ressemble de près à une poupée dont les ressorts admirables disent : Mon peuple et ma dignité. On lui voit aussi remuer les yeux; mais, sous la peau, il n'y a que du son.

Hélas ! le prince Burbach était un homme ! Pendant une heure, il se débatit contre cette vérité; mais il la sentait. Il la subit.

Il prit un flambeau, passa dans son cabinet, et s'asseyant devant une table, se mit à lire des rapports militaires, des documents sur l'agriculture, un projet d'agrandissement pour la promenade, et en lisant il annotait. Par ce procédé appliqué obstinément et avec une ténacité cruelle, il parvint à maîtriser son agitation, assez pour qu'elle ne parût pas au dehors. Mais, au dedans, quels ravages !

Le jour était venu, et l'amant malheureux continuait sa tâche; huit heures sonnèrent. Un valet de chambre entra discrètement, apportant du thé, et avertit Son Altesse Royale que M. le professeur Lanze arrivait. C'était l'heure de la visite quotidienne, aussi nécessaire à la vie du docteur, et à ce le du souverain, que le pouvaient être les retours périodiques de la lune et du soleil pour l'ensemble de la nature.

— Bien, dit Jean-Théodore; qu'il entre.

Le professeur Lanze se présenta. Jean-Théodore lui fit un signe amical et acheva d'écrire la phrase commencée. Quand ce fut fait, il se tourna vers son son homme lige.

— Altesse, lui dit celui-ci, je suis allé vous chercher en ville. On m'a assuré que vous aviez dû coucher ici. Je suis venu ici. Je le vois avec plaisir : vous avez daigné vous occuper cette nuit du bonheur de notre contrée et je vous en remercie. Ne pas se coucher du tout serait malsain pour de pauvres diables comme moi; mais je n'hésite pas à penser que c'est une précaution admirable pour un prince et qui indique à coup sûr, chez lui, un excellent état de santé physique et morale, ce dont je vous fais mon sincère compliment.

— Je ne l'accepte pas, docteur; je ne me suis pas couché, simplement parce que je n'aurais pu dormir.

— C'est un effet que j'oserais dire galvanique, répliqua Lanze. Il n'est guère possible qu'une étoile se déplace sans qu'il en résulte un choc d'électricité.

— Cette façon tend à indiquer, sans doute, qu'à

ta connaissance la comtesse Tonska est partie cette nuit?

— Vous me devinez parfaitement, Altesse. Cette dame est pour moi l'objet d'un intérêt particulier. Sujet précieux! Elle a manqué rendre mon fils imbécile et porte mon souverain à s'exagérer ses devoirs envers ses humbles sujets au point de ruiner sa santé! Je lui reconnais une influence supérieure à celle des tables tournantes.

— Comment as-tu su qu'elle était partie?

— Ah! mon Dieu! j'ai honte de le confesser. Vous paraissez me considérer, en ce moment, comme un familier du Conseil des Dix. Mon Dieu, non! La laitière l'a dit à ma femme qui vient de me le raconter tout à l'heure, en me donnant ma tasse de café matinale. C'est prosaïque, et je vous en demande infiniment pardon.

— Laissons ce sujet, j'ai quelque chose d'important à te communiquer. Mon ministère n'a plus la majorité dans les Chambres. Il ne l'a plus, parce qu'on veut le renvoi du baron de Storch.

— Pure sottise! s'écria le docteur. Le baron est un digne homme et un homme de mérite. Je le considère comme le personnage le plus instruit et le meilleur administrateur que vous ayez. Sa grande fortune, il l'emploie à des fondations dont profitent les basses classes. Enfin, il est adoré des paysans, et je ne vois pas pourquoi vous lui donneriez son congé.

— Je lui donne congé, parce que l'avocat de bailliage Strumpf a ameuté tous les inutiles de notre

Diète, et, comme c'est le plus grand nombre, il a avec lui ce plus grand nombre pour déclarer que Storch n'a plus la confiance du pays.

— Qu'est-ce qu'il a donc fait, ce malheureux Storch?

— On n'allègue pas contre lui d'avoir fait précisément quelque chose de répréhensible; mais on dit qu'il est usé.

— Je ne serais pas fâché d'apprendre ce que c'est que d'être usé. Car, pour autant que je pénètre le sens des mots, cette façon de s'exprimer n'indique pas une raison, c'est une comparaison. Si Storch avait quatre-vingts ans, je dirais : Storch est usé, parce que ses facultés ont diminué avec l'âge. Mais Storch a quarante-cinq ans, il se porte comme un charme et vient d'écrire un gros livre qui passe pour un chef-d'œuvre dans son genre.

— Tu peux avoir raison; mais cela n'empêche nullement de dire qu'il est usé. Si ce mot ne te convient pas, je vais t'en dire un autre et t'affirmer que Storch n'est plus l'homme de la situation. Si tu m'objectes encore que tu ne sais pas ce que signifie : être l'homme de la situation, et que, sans être une raison, ça n'a plus le même mérite d'être une comparaison, je pousserai la condescendance jusqu'à l'excès en t'assurant que Storch ne répond pas aux aspirations et aux besoins de l'époque.

— Je donne ma langue aux chiens, j'avoue mon insuffisance et je m'obstine à ne pas pénétrer pourquoi le baron de Storch, qui administre le pays depuis quinze ans, qui, depuis quinze ans, a créé une foule d'établissements utiles et fait naître une prospérité dont chacun se rend compte, est usé, n'a plus la confiance du pays, n'est plus l'homme de la situation et ne répond pas aux aspirations et aux besoins de l'époque. S'il a tous ces torts mystérieux, existe-t-il, du moins, quelqu'un qui ne les ait pas?

— Évidemment !

— Et quel est ce mortel fortuné?

— Strumpf. Comment tu ne vois pas que Storch n'est tout ce que je viens de t'expliquer que parce que Strumpf veut prendre sa place?

— Et vous allez mettre à la tête de nos intérêts et des vôtres un fripon, un coquin, perdu de dettes, séparé de sa femme qu'il battait ignominieusement, un joueur, un...

— Non... non... Calme-toi, je ne donnerai pas ce plaisir à Strumpf; mais s'il n'est pas assez fort pour me forcer la main à ce point, il l'est suffisamment pour me l'ouvrir et me contraindre à laisser aller l'excellent serviteur que je voudrais conserver. Il me faut donc former un nouveau cabinet et j'ai fait choix d'un homme tout à fait propre à y remplir le premier rôle.

— Qui donc?

— Toi.

Le docteur bondit sur son siège. La consternation et la surprise se peignirent dans ses traits d'une façon si éloquente, que Jean-Théodore ne put s'empêcher de sourire.

CHAPITRE II

— Je vois, continua Son Altesse Royale, que
ma proposition te surprend plus qu'elle ne t'agrée,
et, je te l'avoue, je m'y attendais un peu. Je vais
donc t'exposer ce que, de toi-même, tu ne me pa-
rais pas saisir clairement. Indépendamment des
visées particulières de Strumpf, ce qu'il appelle
son parti, j'imagine qu'un étranger à la Cour est
devenu indispensable. Or, tu es étranger à la Cour.
Tu appartiens à la bourgeoisie, tu es professeur à
l'Université, une des notabilités du pays, pour
parler le langage adopté, et même j'ai lu quelquefois dans les journaux que tu étais remarquable
par le libéralisme de tes idées.

— L'origine de ce compliment est, par paren-
thèse, assez curieuse, répliqua le docteur. J'ai
empêché de mettre à la porte de l'hôpital militaire un interne bon travailleur et réellement
très instruit, mais nourri d'idées socialistes. J'y
ai tenu, parce qu'on prétendait le remplacer par
un petit jeune homme fort sage, à qui l'on ne pour-

rait sans imprudence confier la guérison d'un pana-
ris. Depuis ce temps, je suis devenu un ami avéré
du peuple. C'est un axiome. Le fait est que je mé-
prise souverainement la politique.

— Tu vois, tu en conviens toi-même, tu es popu-
laire. Tu seras donc ministre de l'intérieur et président du conseil.

— Altesse, je vous supplie d'y réfléchir à deux
fois : si je mettais jamais le doigt dans la machine
gouvernementale, il est probable que j'en casserais tous les ressorts avant qu'il fût une heure. A
mon sentiment, personne n'a tort aujourd'hui
autant que les gouvernements, lesquels font semblant de s'imaginer que les émeutes se calment
avec de bonnes manières, que les drôles se désar-
ment en leur opposant des machines en papier,
et que les scélérats renoncent à leurs projets quand
on leur fait des discours. Sachez, Altesse, qu'en
1674, tout le personnel d'une bonne et vraie révolution était sur pied en France. Il n'y manquait
rien; on y comptait un théoricien, Van den Enden;
un fier-à-bras, le sieur Latréaumont; un intrigant,
ma foi, très actif et de race classique, Sardan, le
neveu d'un huissier; enfin un grand seigneur pour
mettre les choses en train et être pendu après,
nommé le chevalier de Rohan. La *Gazette de Hol-
lande*, beaucoup d'autres gazettes encore soute-
naient le tout avec renfort de libelles bien gentils,
dans lesquels on ne ménageait pas le Grand Turc
français, et même le régicide y fut prêché ouvertement en des termes comme ceux-ci : « Dieu ne

« tardera pas à rompre une tête si chargée de
« crimes énormes. »

— Pourquoi fallut-il attendre un siècle encore
pour éclater? Uniquement parce que la société de
ce temps-là ne cédait rien à la canaille. Celle-ci
levait la tête, on mettait le talon dessus. Elle
allongeait une main, on la coupait. Nul gouvernement n'est possible à d'autres conditions, et
c'est une chimère, et la plus inepte des chimères,
que la créance en un futur état de choses où il
n'existera que des gouvernés doux, patients,
modérés pleins de bon sens, de raison, d'instruction, et sachant la vérité des choses pour s'em-
brasser avec des gouvernants intègres. Quant à
moi, je refuse de passer mes journées à combiner
des niaiseries dangereuses ou stériles, et vous ne
me permettriez pas assurément de suivre la ligne
de conduite tracée par mes convictions.

— Mon pauvre Lanze, si c'est ainsi que tu rai-
sonnes, tu es propre à enfermer ! Admettons un
instant que j'aie la moindre tentation de mettre
le feu dans la principauté en appliquant des doctrines commes le tiennes; les États voisins me
laisseraient-ils faire? Je recevrais conseils sur
conseils, injonctions sur injonctions, et, si je m'ob-
stinais, on mettrait garnison chez moi. Chaque
temps a ses problèmes; le nôtre est de placer en
haut ce qui autrefois était en bas; de confier la
force aux faibles, et de dénouer où, suivant ce que
je vois dans tes yeux, de prétendre dénouer les
situations malaisées avec des calembours. Que

veux-tu? Il faut se résigner, et c'est pourquoi M. le docteur Lanze professeur à l'Université, l'ami du peuple et le coryphée du parti libéral conservateur, le docteur Lanze, dis-je, le partisan d'une sage liberté, s'appuyant sur le maintien loyal de nos institutions et de nos droits, va paraître ce soir dans la gazette officielle comme chef du nouveau cabinet.

— Altesse, je vous promets qu'une heure après, Strumpf est arrêté, deux heures après interrogé par une chambre étoilée, et, au petit jour, pendu sur les glacis de la citadelle ! Si cela vous convient, j'accepte; sinon, je refuse.

— Voyons ! tu plaisantes, n'est-ce pas?

— De ma vie je n'ai été si sérieux, et ce que j'en fais est uniquement pour démontrer à Votre Altesse l'impropriété de confier de grandes affaires à un être qui n'est pas un âne, ni un serpent, ni une oie, et qui a deux travers : d'aimer la vérité et son maître. Mais ne vous dépitez pas, Altesse ! Si je ne conviens pas à la place, elle convient à d'autres, et j'ai justement quelqu'un sous la main.

— Qui donc?

— Le conseiller de commune Martélius.

— Il est très lié avec l'opposition.

— C'est son principal mérite. Vous n'aurez d'autre difficulté que de modérer son zèle pour votre service, et il jouera à colin-maillard avec tous les partis.

— S'il en est ainsi, ton avis vaut la peine d'être médité.

— Considérez attentivement la question sous chacune de ses faces. Martélius parle bien, pas trop bien; il est intelligent, pas trop, et ne portera, pour ces deux chefs, d'ombrage à personne. Comme il ne connaît réellement aucune question, il n'a formulé, sur quoi que ce soit, une de ces opinions tenaces qui sont gênantes. Avec n'importe quel collègue, il s'entendra suffisamment, et en établissant les choses sur un tel pied qu'il soit bien convaincu de gagner plus à vous servir qu'à se mettre à la suite d'un autre intérêt, je crois qu'en le surveillant vous pourrez avoir en lui une confiance limitée.

— Ce que tu me dis là est de fort bon sens, et puisque tu ne veux pas payer de ta personne...

— Comment, Altesse, au moment où je vais enrichir ma patrie d'un homme d'État, vous me traitez de citoyen inutile !

— C'est bon, c'est bon, mais j'attendais mieux de toi.

En ce moment, la porte du cabinet s'ouvrit et un nouvel interlocuteur parut sur le seuil. Il hésita une minute, regarda le souverain et Lanze, puis il entra. C'était le frère puîné de Son Altesse Royale, le prince Maurice.

Un charmant jeune homme ! Il avait de jolis yeux bleus à fleur de tête, le front un peu gros, le nez un peu gros, les joues un peu grosses, mais tout cela d'un rose, d'un frais, d'un velouté délicieux ! Et de jolies moustaches blondes, et une jolie barbe blonde, et de jolis cheveux blonds, avec de si jolies boucles ! Sa taille moyenne, bien prise, annonçait devoir épaissir promptement, mais était encore à une rondeur très agréable. Monseigneur le prince Maurice portait une jaquette de drap bleu, un gilet blanc, un pantalon gris, une cravate bleu de ciel, des bottines vernies à guêtres, un chapeau blanc; à la cravate, une épingle d'or en fer à cheval; au gilet, une double chaîne d'or tenant la montre avec quelques breloques d'un goût exquis, et, à la main, une paire de gants de fantaisie, comme il convient le matin.

Le prince Maurice s'avança jusqu'à la table devant laquelle Son Altesse Royale était retournée s'asseoir, de sorte que ce meuble était entre eux. Il avait l'air embarrassé, et, voyant que son auguste frère ne lui disait mot, il se décida à parler :

— Tu m'as fait demander; eh bien ! me voici. Ça n'en est pas moins contrariant, parce que j'allais ce matin chez le photographe pour me faire prendre dans cet habit-là. Enfin, si tu n'en as pas pour longtemps...

— J'en ai pour longtemps ! répliqua rudement le prince en jetant la tête en arrière avec une expression de hauteur et de commandement. Je vous ai averti deux fois déjà de rompre des habitudes qui me déplaisent. Vous avez cru devoir persister; vous ferez six semaines d'arrêts forcés.

— Tu trouves cela juste, toi, Lanze? dit le jeune prince en se tournant vers le docteur.

Celui-ci attacha ses yeux sur le tapis et suivit les contours des fleurons avec le bout de sa canne.

— Qu'est-ce que c'est qu'une conduite comme la vôtre? reprit Son Altesse Royale. Vous faites venir de Vienne une voiture d'un luxe absurde... Je dis absurde! car vous n'avez pas le sou! C'est à peine si, en mettant tout bout à bout, vous vous trouvez quinze mille livres de rentes! Je vous donne, comme aide de camp général, vingt mille francs sur ma cassette, mais ça ne fait jamais que trente-cinq mille francs, et je peux cesser demain. Que signifient donc ces inepties? Une voiture! Mais il y a un mois, vous en receviez deux de Berlin! il y a trois semaines, une de Paris! Croyez-vous que je ne m'aperçoive pas que vous éparpillez vos dettes pour les faire plus grosses? Et ce mémoire de tailleur qu'on m'envoie de Londres? Et qu'est-ce que cette note de fabricant de nécessaires? Et ce bijoutier qui vous vend une quinzaine de bracelets, puis je ne sais combien de médaillons? Vous portez des médaillons et des bracelets, vous? Pourquoi tout ce commerce?

Monseigneur avait tour à tour saisi sur la table des mémoires accusateurs, et, à mesure, il les présentait au prince Maurice, qui, ne semblant éprouver aucun genre de plaisir à cet aspect, baissait la tête d'un air contrit. Comme il ne faisait aucune observation et ne soufflait mot, Monseigneur détacha de lui son regard sévère et inquisitif et, reletant les mémoires de créanciers sur son bureau, se mit à marcher dans le cabinet en continuant son discours :

— Je pourrais admettre les dettes, mais je n'admets pas la sottise qui les a causées. Je ne prends pas mon parti de voir mon frère, de voir un homme de mon sang, un prince ! qui mange ce qu'il a et ce qu'il n'a pas, et qui, un beau jour, aura recours aux usuriers, ou fera des indélicatesses pour le beau dessein de se harnacher de chiffons et de se produire à la vue du public en équipage de garçon tailleur ! Vous vous êtes peint tout entier dans le premier mot que vous avez prononcé en entrant : vous alliez faire faire votre photographie dans un nouveau costume ! Et c'est là l'emploie de vos journées !

— Il faut bien que je me distraie, ce pays-ci est ennuyeux et tu ne veux que je voyage.

— Voulez-vous voyager pour quelque sujet utile ? Je vous fais partir demain !

— Je ne suis pas un manœuvre.

— Non, mais vous êtes... Tenez ! je m'emporte et j'ai tort. Un seul mot ! Je vous défends de revoir de votre vie la femme avec laquelle vous avez soupé hier au café Suisse après avoir ricané au théâtre.

— Je savais bien que je verrais arriver cette histoire ! Je t'en fais juge, Lanze ; miss Turtle et moi, nous sommes allés au spectacle, nous avons soupé, nous n'avons pas fait le moindre bruit, ni rien dit à personne ; nous sommes rentrés. Si on nous a vus, ce n'est pas notre faute, mais je défie qu'on puisse nous être fait remarquer !

Jean-Théodore donna un coup de poing violent sur son bureau et fit sauter ce qui était dessus,

— Tenez ! je ne sais qu'admirer le plus ou de votre bassesse ou de votre ineptie ! Il n'y a rien à espérer de vous. Vous êtes aux arrêts, rendez-vous-y !

Le prince Maurice s'excita un peu, et avec une sorte d'animation qui le rendit tout rouge :

— C'est de la tyrannie ! s'écria-t-il; tu n'as pas à te plaindre de moi ! Je ne me conduis pas comme Ernest. Si je vais voir Isabella Turtle, c'est absolument comme toi-même tu vas voir la comtesse Tonska. Ce que tu fais, je peux bien le faire !

Le docteur Lanze se leva précipitamment et n'eut juste que le temps de se mettre entre les deux frères. Jean-Théodore, pâle comme un mort, était saisi d'un de ces accès de fureur assez fréquents chez les meilleurs princes de sa famille, et dont on disait que, dans cet état, un Wœrbeck était capable de tout. Il semblait, en effet, sur le point de se livrer aux dernières violences contre le maladroit enfant qui venait, sans le savoir, sans le vouloir, sans y prétendre le moins du monde, d'enfoncer le doigt à l'endroit le plus sensible de sa plaie.

Le docteur lui dit à demi-voix et les mains jointes :

— Regardez-le bien, monseigneur ! Un tel avorton !

A cette parole, Jean-Théodore s'arrêta et montra la porte au prince Maurice qui s'en alla tout contrit, sans se rendre compte aucunement de la tempête qu'il venait d'exciter, ni même chercher, il faut lui rendre cette justice, à en pénétrer la cause.

Il rentra au palais de la résidence, prit les arrêts comme un bon enfant qu'il était, écrivit à mademoiselle Isabella Turtle une lettre de rupture, et sonnant son valet de chambre, se mit à étudier avec cet homme de confiance le problème suivant :

— Quels vêtements est-il convenable de porter quand on est aux arrêts?

Après avoir retourné cette question sous toutes ses faces et sur l'insinuation discrète de son conseiller, il ne résista pas à la tentation d'écrire un véritable mémoire, long et raisonné, à son tailleur, afin de lui indiquer des coupes et un choix de couleurs des plus propres à faire reconnaître au premier abord que l'infortuné qui en était recouvert ne pouvait se trouver que dans la position déplorable qui était la sienne.

Quand le prince se vit de nouveau seul avec son confident, il ne revint pas sur ce qui venait de se passer, mais prenant le ton le plus affairé, il lui parla du conseiller de commerce Martélius et chargea Lanze de se rendre immédiatement chez l'indispensable personnage; puis, ces mesures prises, il alla se mettre au bain, dans l'intention de monter ensuite à cheval pour visiter une nouvelle caserne.

Dix heures sonnaient précisément quand le professeur rentra chez lui n'ayant eu aucune peine à faire accepter le ministère au grand Martélius et à le décider à courir chez le souverain. Ce service éminent une fois rendu à la chose publique, le négociateur demanda sa robe de chambre, que madame la docteur Lanze s'empressa de lui apporter et dont elle lui aida à passer les manches. Cela fait, il décrocha une de ses pipes, celle qui servait le mercredi (on était, en effet à ce jour-là), il la bourra, l'alluma, ouvrit le troisième volume d'un nouvel ouvrage sur les maladies nerveuses à la page 549, et s'engloutit à un nombre incalculable de pieds de profondeur au sein d'une lecture méditative.

Pendant ce temps, sa fille Liliane ayant achevé de ranger les tasses et les soucoupes et de peser le sucre à la cuisinière, avait ôté son tablier de ménagère, l'avait plié et serré dans sa chambre, avait mis son chapeau et ses gants, son ombrelle et un petit châle sur son bras, et se dirigeait vers la porte, quand sa mère qui avait ressaisi ses lunettes et son tricot et jetait de temps en temps un regard vers le double miroir placé en face d'elle en dehors de la fenêtre, ce qui lui montrait, sans qu'elle se dérangeât, le spectacle des deux bouts de la rue, quand sa mère lui dit avec une douceur indifférente :

— Reviendras-tu dîner, Liliane?

— En vérité, je n'en sais rien. Cela dépendra des endroits où j'irai et il se peut que j'accepte une invitation.

Là-dessus la mère n'ajoutant quoi que ce soit et n'en pensant pas davantage, mademoiselle Liliane Lanze sortit de sa cage et s'envola.

C'était un des plus jolis petits oiseaux que l'on pût voir que mademoiselle Lanze. Elle avait dix-sept ans et était mince, fine, légère, comme une fée; ses beaux yeux bruns candides et curieux, sa bouche sérieuse, ses cheveux châtains ondulés et crépelés, tout en elle était délicat, mignon et respirait la grâce. Elle remontait la rue Frédéric en admirant l'épanouissement de la végétation. La rue Frédéric, à Burbach, possède beaucoup de fort jolies maisons dont la plupart ont leurs façades à doubles fenêtres peintes en rose ou en bleu clair; d'ailleurs, on y admire encore, placé en face du chemin de fer, l'hôtel de Bellevue, connu si avantageusement dans toute l'Europe comme un véritable palais, et, à côté, le Petit Parc, admirable succession de pelouses semées de bouquets de hêtres et de bouleaux, dont les feuilles minces et frêles produisent le plus ravissant effet au-dessus des massifs de fleurs.

Le temps était chaud; on ne voyait pas un nuage au ciel. Les pinsons témoignaient leur joie dans les arbres; sur la terre, couraient les petites filles de magasin portant leurs paquets, marchaient gravement les employés en route pour leurs ministères, passaient avec dignité des dames que Liliane saluait, sans s'arrêter, d'un petit signe de tête très gracieux et déférent, enfin circulaient, sans se presser et comme gens chargés d'examiner l'humanité sous ses différentes manifestations, messieurs les lieutenants de la garde, en petite tenue, tirés à quatre épingles.

A l'aspect de ces groupes belliqueux, mademoiselle Lanze se revêtit et s'arma de toute sa gravité. Il se trouvait que c'était une bonne, petite, gentille gravité qui la rendait plus adorable, de sorte que messieurs les lieutenants étaient transpercés à travers leurs plastrons et ne savaient quelle contenance tenir. Les uns devenaient rouges, les autres pâlissaient légèrement, quelques-uns prenaient un air victorieux; mais ceux-là n'étaient pas les meilleurs sujets de l'arme. Il y en eut, et plus d'un, qui se jurèrent de passer la nuit à faire des vers, et deux seulement tinrent parole, parce que les autres ne purent jamais trouver que le premier hémistiche : « O Liliane ! »

Parmi ces admirateurs exaltés, mademoiselle Lanze ne voulut en distinguer qu'un seul, et son choix tomba sur le lieutenant de Schorn. Elle répondit à son profond salut par une inclinaison de tête à peine marquée, mais accompagnée d'un regard chargé de quelque chose de solennel. Il parut, du reste, le comprendre ainsi, car il prit immédiatement, pour sa part, un air pénétré, et, quand la jeune merveille eut tourné l'angle de la rue du Commerce, il s'arrêta, regarda sa montre, prit son portefeuille et écrivit : « 26 juin 185... 11 heures 40 « minutes du matin ! ma vie a désormais sa raison « d'être? »

Qu'elle l'eût ou non, il n'en est pas moins vrai qu'arrivée en face du palais, mademoiselle Lanze traversa la rue, passa la grille au-dessus de laquelle se voyaient, au milieu d'un entrelacement de feuillages en fer doré, l'écusson des armoiries souveraines, et se dirigea vers l'entrée de gauche. Un

chasseur et deux valets de pied se levèrent, saluè-
rent profondément, et le chasseur, précédant Liliane
d'un pas noble et digne, monta un escalier, passa
une antichambre, traversa un salon, et, ouvrant
la porte d'un boudoir, annonça : Mademoiselle
Lanze !

Aussitôt une grande jeune fille, habillée de noir,
qui lisait dans un livre noir, se leva avec vivacité
et, se jetant au cou de Liliane, s'écria :

— Sois mille fois la bienvenue !

Cette grande jeune fille était Son Altesse la princesse Amélie-Auguste, fille unique de Jean-Théodore.

Elle était jolie, avait dix-neuf ans, s'habillait
aussi mal qu'elle pouvait, toujours en noir, en couleur capucine ou lilas foncé, et, quand son père
n'était pas présent, mettait des lunettes bleues.
Elle se faisait gloire d'appartenir, et il est désolant
d'arriver à convenir que Liliane, la ravissante
Liliane, appartenait à une secte protestante assez
particulière.

Cette secte avait été importée à Burbach par
un faquin appelé Schmidt. Dans certains pays,
on appelle ceux qui en font partie « les Chrétiens
gais », parce que, à propos de tout et de rien, ils
se mettent à crier comme des échaudés sous prétexte de chanter des psaumes. Ils assurent que le
cœur seul et l'amour de Dieu sont nécessaires pour
le salut. La science n'est bonne qu'à développer
l'orgueil, et, en conséquence de cette maxime, la
police avait un jour surpris, au dire des méchantes

langues, le sieur Schmidt au milieu d'une bande de ses partisans, tous se tenant par la main, dansant, gambadant et chantant autour d'un amas de livres d'école auxquels ils avaient mis le feu.

Naturellement, les Chrétiens gais se récriaient et traitaient cette allégation de fable. Ce qui est incontestable, c'est que Schmidt avait de l'éloquence et de l'onction. Il était maigre comme un clou, noir comme une taupe, avec de grands yeux égarés; mais, on ne sait comment, il plaisait aux femmes, et surtout aux jeunes filles. Ses adhérents, et surtout ses adhérentes, le comparaient aux vénérables personnages de la primitive Église; les plus zélées, parmi ces dernières, n'y allaient pas de main morte et l'égalaient à saint Jean l'Évangéliste, à qui, suivant elles, il ressemblait trait pour trait. Il est lamentable d'arriver à convenir que la princesse Amélie-Auguste et Liliane étaient parfaitement de cet avis. Comme l'exaltation des uns et des unes et de l'incertitude des autres il ne laissait pas que de résulter un certain trouble dans les familles, la justice avait mis plusieurs fois en délibération de prier poliment saint Jean d'avoir à s'en retourner à Pathmos ou dans tout autre séjour de son choix, hors des limites de la principauté; mais le souverain, dont l'esprit était aussi modéré que le cœur était véhément, ordonnait encore d'attendre.

Néanmoins, il avait sévèrement défendu, la veille au soir, à la jeune princesse d'assister aux sermons de Schmidt, et plus sévèrement de le laisser paraître au palais. C'était pour pleurer sur cette tyrannie, que Son Altesse avait écrit le matin à Liliane de venir la voir; elle voulait consulter avec elle sur les moyens à employer pour obéir plutôt à Dieu qu'aux hommes.

Les deux jeunes néophytes eurent à cet égard une bien longue conversation, et, malheureusement, ne purent imaginer aucune ressource. Leurs deux petites têtes, en révolte théorique aussi flagrante que possible, ne leur fournirent absolument rien pour sortir de peine; car le prince leur faisait, à l'une et à l'autre, une peur horrible, et, d'autant plus, surcroît de peine intolérable, qu'il avait exigé de la pauvre princesse Amélie-Auguste d'avoir à s'habiller à l'avenir d'une tout autre manière que sainte Paule ou sainte Monique.

Quand Son Altesse et sa confidente eurent beaucoup pleuré et déclamé contre l'injustice et l'aveuglement des esprits engagés dans les voies du siècle, elles résolurent de dîner ensemble, et se donnèrent le plaisir d'un repas tout à fait conforme aux saines doctrines, en ce qu'il n'y parut rien qui ait eu vie. Elles firent entrer modestement dans leurs petites bouches une quantité étonnante de gâteaux au beurre, et de confitures avec des flots de thé et de lait. Et toujours dissertant sur les habitudes bien connues des vrais chrétiens, lesquels vivaient, comme on sait, au fond des déserts, seul séjour possible pour une âme pieuse; elles avaient enfin l'ineffable bonheur de se sentir dans un tel état de sainteté, qu'elles en pleuraient d'attendrissement l'une sur l'autre, quand la princesse régnante entra chez sa fille et trouva les deux amies en larmes et s'embrassant à cœur joie. Son apparition fit l'effet d'un verre d'eau glacée jeté sur la tête des jeunes enthousiastes.

Son Altesse Royale, la princesse régnante de Wœrbeck-Burbach, née duchesse de Comorn, ressemblait à une incarnation de l'almanach de Gotha. Ce n'était pas parce qu'elle savait par cœur ce livre excellent, ce n'était pas qu'elle fût trop vaine de son origine, que, naturellement, elle mettait au-dessus de toute comparaison, c'était parce qu'elle ne connaissait que les rangs et n'apercevait dans les gens que leurs alliances. Elle se montrait assez bienveillante pour Liliane et pour toute sa famille, les considérant comme des meubles du palais; seulement, il ne lui venait pas à l'esprit que ces meubles, parlant et se mouvant, fussent, pour ces causes, plus précieux ou à considérer autrement que les autres meubles. Le degré d'intérêt qu'elle portait aux mortels, se mesurait sur leur situation à la Cour, et son histoire naturelle se classifiait ainsi : les empereurs et les rois représentaient les grands mammifères; les gentilshommes s'associaient aux quadrupèdes de moindre taille; ce qui était fonctionnaire non noble dans l'État, s'assimilait naturellement aux oiseaux et aux poissons, et tout le reste était inerte. La chère princesse ne voulait d'ailleurs aucun mal à pas une des créatures de Dieu; elle ne leur voulait pas de bien non plus; néanmoins, il ne lui tombait aucunement dans l'esprit d'incriminer un négociant sous prétexte que c'était une fourmi, ni un artiste, parce qu'il était l'équivalent d'un hanneton. Ce n'était pas elle qui avait arrangé les choses ainsi; elle se bornait à adorer les ordonnances de la Providence divine et à en admirer les œuvres. Du reste, elle ne réfléchissait à quoi que ce soit et se laissait aller, une bonne partie du jour, à sa passion pour la tapisserie et la broderie au crochet. Elle ne détestait pas l'Opéra ni les grandes réceptions, attendu que beaucoup de lumières, des appartements ou un théâtre dorés lui paraissaient les milieux les plus naturels pour le développement de la vie de ses grands mammifères et de ses quadrupèdes; seulement, aux pièces jouées devant elle, jamais elle n'avait soupçonné qu'il pût être utile de chercher un sens, et, quant aux personnes présentées, quand elle leur avait demandé des nouvelles de leur santé ou fait quelque observation sur l'état de la température, et accordé enfin les marques d'attention légitimement dues à leur rang sur l'échelle des êtres, elle tombait dans un mutisme souriant qui lui paraissait une juste récompense de la manière consciencieuse dont elle s'acquittait de ses devoirs. C'était une âme parfaitement d'accord avec elle-même, une âme exactement équilibrée; c'était une femme heureuse.

Elle n'avait jamais éprouvé pour son mari un autre sentiment que celui d'une véritable répulsion. Jean-Théodore l'inquiétait; elle ne comprenait pas un mot à sa façon de penser et d'agir. Elle n'entrait par aucun endroit dans ses idées. Elle aimait la paix, ou plutôt la torpeur; et elle éprouva un soulagement sensible quand elle vit ce turbulent personnage se détacher d'elle et aller porter ses flammes ailleurs. Elle ne souffrit aucunement de ses infidélités; bien au contraire, car elle eut une révélation que beaucoup de gens la plaignaient, et, certainement, unir aux bénéfices de l'insensibilité ceux de la sympathie qu'on vous porte pour un malheur qui ne vous cause aucune souffrance, il n'y a rien de plus complètement agréable.

Elle n'aimait pas sa fille, elle ne la détestait pas non plus; en somme, elle soupçonnait chez la jeune princesse des affinités choquantes avec Jean-Théodore. De toute la famille, celui qui lui agréait davantage et la dérangeait le moins, c'était le prince Maurice, parce qu'il arrivait quelquefois à celui-ci de passer une heure ou deux avec elle à dévider de la laine.

Son Altesse Royale, enfin, pour achever un portrait qui ne saurait être fait avec trop de soin, en raison du respect dû à l'auguste modèle, possédait un moyen unique, mais bien puissant et bien précieux, de communiquer avec l'univers pensant; elle était extrêmement cancanière.

En entrant chez sa fille, elle daigna répondre à la profonde révérence de Liliane, en embrassant sur le front la fille du docteur.

— Bonjour, ma petite, dit-elle avec un sourire éteint; on m'a dit que tu étais chez Auguste et je suis venue précisément pour te parler.

Liliane prit l'attitude de l'obéissance passive.

— Mon Dieu ! ce n'est pas que je m'intéresse le moins du monde à ce que je vais te demander. Cependant on n'est pas fâché de savoir ce qui se passe.

Sur ces assurances de détachement, la princesse commença un interrogatoire, tout en continuant à faire mouvoir son crochet.

CHAPITRE III

— Pourrais-tu me dire s'il est vrai que ton
frère soit allé à Londres acheter des chevaux pour
le prince?

— Non, Altesse Royale, Monseigneur l'a envoyé
à Florence. Je pense qu'il s'agit d'y faire des études
pour la nouvelle salle du Musée.

— Je te dirai, petite, que c'est la comtesse Dalburg qui est venue me faire ce ragot. J'étais sûre
qu'il ne pouvait y avoir un mot de vrai là dedans,
car ton frère ne doit pas s'entendre en chevaux.
Je l'ai dit à la comtesse et lui ai soutenu qu'il en
est tout à fait ainsi. Mais, dis-moi, que signifie
ce départ subit de madame Tonska au milieu de
la nuit? On prétend qu'un postillon a failli écraser
une sentinelle dans l'obscurité, et cela ne m'éton-
nerait pas. Est-il vrai que la comtesse ait été man-
dée en toute hâte à Pétersbourg, afin d'y devenir
gouvernante d'une des jeunes grandes duchesses?
Je croirais plutôt qu'elle s'est mise en route pour
l'Italie, à la suite de ton frère; car, entre nous, les

gens bien renseignés assurent qu'il ne lui déplaît pas.

La fierté de Liliane fut blessée. Cette petite âme sentit qu'il lui était fait là des confidences assez mal placées. La princesse Amélie-Auguste devint toute rouge, et une étincelle qui ressemblait au feu de la colère s'alluma dans ses yeux. Mais elle se mordit la lèvre avec force et ne dit rien. Mademoiselle Lanze, après un instant de silence, répondit à Son Altesse Royale d'un ton respectueux, mais assez sec :

— Altesse, je ne crois pas ces choses-là ; dans tous les cas, personne ne m'a dit rien de semblable.

— A ton aise, mon enfant, repartit la souveraine ; si tu ne veux pas parler, je ne te forcerai pas ; je t'avertis seulement que c'est le bruit de la ville, et on ne s'entretient d'autre chose.

— Il est tard, répliqua Liliane, avec un redoublement de roideur, et je dois rentrer à la maison. Je demanderai à Votre Altesse Royale la permission de me retirer.

— Fais ce qui te plaît, chère petite, et ne manque pas de transmettre mes amitiés à madame la docteur Lanze. Je sais qu'elle a fait choix d'une nouvelle cuisinière qui sort de chez la comtesse Dalburg. Puisse-t-elle en être plus satisfaite que celle-ci ne l'a été !

Liliane avait mis son chapeau, pris sont châle et son ombrelle. Elle baisa la main de la princesse, Amélie-Auguste la serra vivement sur son cœur, et elle sortit.

Elle était révoltée, et considérait son frère comme une victime de la plus odieuse calomnie. Elle regretta amèrement, à cette heure, que des principes religieux pareils aux siens ne fussent pas présents au cœur de Conrad, pour le soutenir dans ce qu'elle considérait comme une terrible épreuve. Elle s'imaginait, en effet, que la ville entière était occupée, comme la princesse le lui avait fait entendre, à raisonner sur l'aventure du jeune sculpteur et de la comtesse polonaise, et elle voyait d'avance le pauvre jeune homme blâmé par chacun et en butte à la disgrâce du prince. En traversant la rue du château, elle aperçut de loin, dans le grand café, sous les arbres et au milieu des jardins, le professeur Lanze, qui buvait de la bière et parlait science avec plusieurs de ses graves amis. Elle reconnut également le prince, accompagné d'un aide de camp et portant, comme à l'ordinaire, l'uniforme de petite tenue de son régiment de hussards; il venait de s'asseoir à une table pour prendre du café. Elle distingua encore beaucoup de jeunes gens de sa connaissance et répondit à leurs saluts avec sa sévérité accoutumée, puis elle rencontra quelques-unes de ses amies avec qui elle fit un bout de promenade, et dont elle attendait des allusions, plus ou moins couvertes, aux tristes propos dont elle était si préoccupée. Mais aucune de ces demoiselles ne lui en souffla mot, ce qui la consola un peu, et elle pensa, alors, que la princesse régnante avait sans doute exagéré, phénomène assez ordinaire dans les habitudes de l'auguste dame.

Enfin, Liliane rentra au logis. Elle aida sa mère à préparer le souper et à le servir. Ce n'était pas difficile, madame la docteur Lanze, considérant comme un dogme sacré le principe de n'allumer du feu à la cuisine que pour le dîner, le repas du soir se composait invariablement de choses froides. En allant et venant, Liliane se résolut à ne rien dire à sa mère des propos de la princesse, moitié pour ne pas l'affliger, moitié, surtout, parce qu'elle aurait eu grand'peine à prendre sur elle-même de parler de semblables choses.

Bientôt le professeur rentra. On soupa dans un demi-silence. Le vieux Lanze prit sa pipe, se versa un grand verre de vin de Moselle, se fit jouer par sa fille quelques morceaux de musique favoris, lut avec onction une ou deux pièces de poésie de Lenau, déclara que c'était admirable et le produit d'une âme profondément humaine, et, à dix heures, donna le signal de la retraite. Liliane se retira dans sa chambre.

Là, une fois seule et tout à fait maîtresse d'elle-même ayant eu soin de pousser le verrou, mademoiselle Lanze, au lieu de se coucher, s'assit devant son bureau, chargé de photographies et de fleurs, de souvenirs de toutes les formes et de petits volumes artistement dorés; elle ouvrit un tiroir au moyen d'une clef mignonne suspendue à la chaîne de sa montre, et mit au jour un assez fort cahier attaché avec des rubans feuille morte. C'était son journal.

Il suffira de reproduire ici les premières lignes

de ce qu'elle écrivit dans cette soirée. Mademoiselle Lanze s'exprimait ainsi :

« O mon âme ! ton élan vers le ciel est arrêté !
« L'impiété se déchaîne autour de toi, et, comble
« d'horreur ! le démon, par ses artifices, enrôle au
« nom des plus cruels persécuteurs le meilleur des
« souverains ! ! Ce n'est pas tout ! ! ! Une destinée
« implacable, acharnée contre toi, te montre ton
« frère adoré sur le penchant d'un abîme; mais,
« que dis-je? à cette heure, il a peut-être roulé
« jusqu'au fond, et, alors, il est perdu à jamais ! ! ! !
« Pourquoi tant de maux? N'était-ce pas assez
« déjà de mes chagrins? Je suis bien jeune, hélas !
« et, pourtant, j'ai dans le cœur une conviction
« profonde : le bonheur n'a pas été fait pour
« moi ! ! ! ! ! »

Cette triste conclusion était malheureusement probable. Mademoiselle Lanze ne s'était jetée dans la religion la plus exaltée que parce que ses vœux les plus chers lui paraissaient impossibles à réaliser. Elle avait dix-sept ans, comme il a été dit plus haut, et son expérience lui démontrait que les hommes de ce siècle n'étaient pas dignes d'absorber des sentiments qu'elle voulait donner sans partage, mais en retour desquels elle prétendait, avec justice, recevoir le dévouement sans bornes de la nature humaine la plus sublime. Elle s'était assurée, par un examen réfléchi, que cette nature, faut-il l'avouer? n'existait pas; car le lieutenant de Schorn, lui-même ! elle en avait été le témoin ! avait causé et ri avec un de ses camarades, un jour, au théâtre, pendant la plus belle scène de la *Marie Stuart* de Schiller, et au moment où, les yeux pleins de larmes, elle s'était tournée vers lui et l'avait regardé, afin de trouver une émotion amie qui répondît à la sienne, le lieutenant de Schorn ne s'était-il pas penché vers elle et ne lui avait-il pas dit, avec l'accent de la jovialité la plus vulgaire : « Regardez donc, mademoiselle, le nez de ce monsieur dans la loge en face ! » — Non ! c'en est fait ! les hommes n'ont pas de cœur !

Sans qu'elle s'en rendît aucunement compte, mademoiselle Liliane avait un idéal de héros irréprochable qui ressemblait assez aux chevaliers en sucre candi exposés dans la boutique du confiseur de la cour. Probablement, l'habitude de voir ces chefs-d'œuvre de l'art, chaque fois qu'avec son père ou quelqu'une de ses amies elle allait prendre du chocolat chez le suisse, avait influé graduellement sur son imagination. Il est certain que les admirables tournures de ces statuettes, leurs cheveux en caramel, leurs visages en pâte de dragées, leur attitude fière, qui ne diminuait en rien en ce qu'il y avait de délicieusement sucré et de foncièrement parfumé dans leur personne, ne laissaient pas que d'exprimer, pour une intelligence élevée et une âme d'élite, une quantité de perfections supérieures, et tellement au-dessus des convenances de l'humanité, qu'on ne saurait s'étonner si elles ne sortent pas plus souvent du moule à confitures pour s'incarner dans la forme d'un homme véritable. Il paraît qu'autrefois il y a eu

réellement de pareils êtres; M. de Florian a cons-
taté leur existence sous le règne heureux de Numa
Pompilius, et même, à une époque assez rapprochée
de nous, au temps de Gonsalve de Cordoue; malheureusement, Niebuhr et Prescott ne se sont pas
mis d'accord avec lui pour des questions si inté-
ressantes, et il y aura toujours un doute flottant
sur la ressemblance des portraits tracés par l'ancien
page du duc de Penthièvre. En somme, et c'est à
ce point surtout qu'il faut s'attacher, si mademoiselle Liliane eût personnellement connu Némorin, elle avait des raisons de croire que son âme s'en
fût mieux trouvée. Désormais, elle était condamnée
à la solitude pour sa vie entière. Elle allait même
plus loin; il ne lui eût pas été désagréable que
Némorin se fût appelé, dans le siècle, le lieutenant
de Schorn; mais il n'y fallait plus songer, et Liliane
était incapable de fléchir sur une question de principes. Voilà pourquoi elle écrivit son journal jusqu'à une heure du matin.

A ce moment, et comme elle entendait au loin
la crécelle du guetteur de nuit crier au sommet
de la cathédrale, elle se résigna à chercher le repos.
Elle défit ses cheveux, les arrangea, les tordit, les
enferma dans leur filet blanc. Elle se coucha, tira
le drap jusqu'à son menton et mit sa main gauche
sous sa joue. Une petite larme (pauvre petite!)
glissa entre ses cils pressés l'un contre l'autre. Elle
s'endormit; c'est pourtant vrai! Elle s'endormit
profondément, et, en voyant comment allaient les
choses, son ange gardien descendit du ciel, la

regarda quelque temps avec un sourire, tira un peu plus les rideaux sur elle, se pencha, l'embrassa au front et s'envola chez lui, n'ayant rien à faire.

Maintenant que l'on sait comment tout se passe à Burbach, jetons un regard rapide sur ce que Wilfrid Nore et Laudon deviennent à Milan; ce n'est pas là que nous allons nous arrêter, car les deux amis ne font absolument rien qui vaille la peine d'être rapporté. Ils visitent les musées, vont au théâtre, passent leurs soirées au café, discutent sur l'Italie, remplissent tous les devoirs de leur métier de voyageurs désœuvrés, et prennent un goût de plus en plus vif l'un pour l'autre.

Laudon devinait, malgré qu'il en eût, une nature efficace s'agitant dans ce personnage si différent de lui. Il le sentait, à chaque instant, résistant à la main et d'un autre tempérament que le sien; mais, en même temps, il avait de plus en plus l'impression de sa solidité. Quand Nore exprimait une idée, rarement Louis en apercevait la source et en voyait la portée; généralement, cette idée lui paraissait plus étrange que juste; car ce qu'il appelait justesse devait nécessairement être court, commencer dans le connu et finir dans le banal. Cette stérilité, que les Français décorent du nom de précision, indignait Wilfrid, mais ne le rendait pas aveugle pour le fond de loyauté et de droiture qu'une triste éducation et une fausse pratique de la vie n'avaient pas entamé chez son compagnon de route. De plus, il aimait sa gaieté et faisait cas de son esprit. De sorte que l'un réagissait sur l'autre, et Laudon était celui des deux qui y gagnait davantage. Laissons-le dans cette situation et reportons-nous au temps où, quelques années en arrière, Wilfrid Nore, partant de Bagdad, y avait quitté Harriet, bien résolue à rompre avec lui et si noblement perfide au milieu des tendresses de leurs derniers adieux. Quand elle s'était trouvée seule, la douleur de perdre Nore avait occupé la fille de Coxe et absorbé les premiers instants, les premiers jours, les premières semaines. Elle avait, toute sa vie, été forte et résolue, la pauvre Harriet; cependant elle ne pouvait s'empêcher de penser à toute minute : c'était l'heure où il venait; hier, il était là; il y a un mois, à ce moment-ci, il m'a dit telle chose... Il s'asseyait là...

Un matin, en dérangeant un meuble, elle trouva un gant de lui. C'en fut trop; elle saisit la relique, la pressa des deux mains contre ses lèvres et fondit en larmes. Cependant sa lettre, que l'on a pu lire dans la première partie de ce récit, avait été écrite et était partie. La résolution dont elle était le gage, cette résolution de rompre avec Nore et de ne pas toucher à la liberté, à l'avenir de ce jeune homme, était venue à Harriet un soir qu'heureux près d'elle il lui avait parlé, avec un enthousiasme excessif de l'honneur de servir ses concitoyens. Il s'était abandonné à rêver tout haut devant elle. Il l'avait frappée par l'exaltation de son jeune courage, par la noblesse et l'élévation de ses désirs, et, tandis qu'il parlait, et qu'elle l'écoutait avec une tendresse dont il n'eût pu jamais lui-même entrevoir la grandeur, elle se disait :

— Et je voudrais m'attacher à lui comme une pierre fatale destinée à assurer la mort de ses espérances? Cet être si beau, si vaillant, si plein de feu, de joie, de force, d'espérance, je le contraindrais à traîner péniblement au travers de ses triomphes une femme vieillie, qui n'a jamais eu de beauté, qui n'a pas vécu dans le monde et qu'on y trouverait déplacée, non sans raison ! Je l'aimerais comme je l'aime et je le verrais rougir de moi !... Non ! non ! jamais ! Il ne faut pas que cet enfant m'accuse, et, le premier moment d'illusion passé, me reconnaissant intéressée et coupable, ait le droit de me maudire !

Alors, elle voulut rompre; alors, elle voulut se dévouer à son amant; elle trouva un plaisir immense, bien que triste, à le voir s'enivrer de son amour pour elle; elle s'offrit, pour ainsi dire en holocauste, dans ce qu'elle avait de meilleur, son âme, son esprit, sa raison, sa bonté, la sagesse que la souffrance et de longs chagrins lui avaient assurée, à cet adolescent qui entrait dans la vie couronné de toutes les fleurs, de tous les bourgeons, de l'espérance, et elle eût regardé comme un crime de le détromper, alors qu'il n'était pas encore utile de lui enlever la première de ses félicités.

Elle, pourtant, n'était pas tout à fait aussi ferme qu'elle le voulait bien croire. Le répit qu'elle accordait à Wilfrid, elle en jouissait; oh ! combien elle savourait cette fraîcheur d'affection, cet emportement de tendresse si vraie, si sincère, si neuve,

coulant comme les ruisseaux de lait d'une idylle
au fond d'une âme dont rien encore n'avait troublé
la limpidité ! Ce n'était pas seulement pour Wilfrid
qu'elle ne se hâtait pas de mettre à exécution son
acte héroïque; c'était assurément pour elle-même.
Elle était si bien aimée ! Elle était si complètement
chérie ! Elle le sentait, elle le comprenait, elle le
dévorait si avidemment, cet amour-là ! Hélas !
comme il venait tard ! mais c'était, pauvre fille,
c'était pourtant la première fleur de sa vie.

Le moment arrivé, Nore parti pour l'Europe,
il fallut se résoudre. Elle avait éloigné de jour en
jour l'absorption du calice. Il fallait le boire. Au
moment d'écrire sa première lettre, ainsi qu'elle
l'avait promis, elle devait choisir : continuer ou
briser. Elle brisa. Elle brisa l'amour, mais s'attacha
à l'affection; elle se dit :

« Comme je lui cause des souffrances ! S'il
éprouve seulement la millième partie de mon angoisse, qu'il doit me trouver cruelle, et à quel
point je le suis ! Il est sauvé de moi sans doute,
mais sur quel dur rocher je le jette ! Mon Wilfrid !
mon unique bien ! »

Elle tomba dans une douleur si poignante,
après avoir tranché le seul fil d'or qui eût jamais
brillé dans la trame de ses jours, que, malade,
épuisée, l'esprit troublé, elle perdit, pendant quelques semaines, la possession d'elle-même, et pour
ainsi dire transformée, devint comme une autre
Harriet, bien différente de la véritable.

Elle revenait avec acharnement sur son bonheur

anéanti, ce bonheur qui, en définitive, n'avait
jamais pris de réalité; elle disait : « Viens ! reviens ! »
elle retournait vers le rêve et lui tendait les bras
avec désespoir. Dans la nuit, dans les ténèbres,
dans le silence, elle s'écriait en elle-même :

« Non ! non ! non ! je veux être heureuse ! Pourquoi, moi seule, dans la nature entière, dans cette
vaste, effroyable nature, pourquoi donc moi seule
ne serais-je pas aimée? Mais je le suis, ombres
vaines, fantômes misérables d'idées fausses et folles
qui vous glissez entre lui et moi ! Je le suis ! Il
m'aime ! Laissez-moi donc lui crier que je meurs
dans ma passion pour lui ! Que vous importe que
j'expire dans ses bras, sur son cœur, ou sur les plis
trempés de larmes d'une couche abandonnée,
puisque je veux bien mourir? Pourquoi donc serais-
je contrainte à repousser celui qui se donne à moi?
L'ai-je pris à quelqu'un? L'ai-je détourné d'une
autre route? Il est venu, il m'a suppliée, il m'a
pressée, il me veut, et j'ai dit non !

Insensée ! J'ai dit non ! J'ai déchiré le cœur qui
m'aimait et le mien, et si j'avais demandé à Wilfrid,
avant de le frapper : Dis-moi ! Écoute-moi ! Ré-
ponds-moi ! Parle-moi dans toute la sincérité de
ton âme; veux-tu que je t'aime? Mais nous mourrons de suite, car je ne veux pas de l'abandon !
Oui, Wilfrid se fût écrié, comme je le fais moi-
même : « Eh bien ! aime-moi et mourrons ! »

La timide, la pure, la chaste Harriet était
comme frappée de folie, et de cette folie sacrée que
la déesse de Chypre faisait descendre en flammes

vengeresses dans le sein des filles de Minos. Cette innocente et douce créature pensait ce qu'elle n'aurait jamais osé entendre et ce qu'elle n'aurait jamais su exprimer. Malade, réellement malade, elle avait peine à se lever, peine à se souvenir, plus de peine encore à se prêter au contact des réalités et à remplir les devoirs journaliers que le soin de son père et les devoirs domestiques lui imposaient; cependant le premier ne se trouva jamais négligé, et les autres furent accomplis comme il était de coutume, de la manière voulue, à l'heure habituelle.

Pas un mot, pas une monosyllabe, pas une plainte, pas un geste ne trahirent à aucun moment la torture de la martyre. Elle ne perdit rien de sa dignité; les tumultes de son âme ne purent soulever d'une ligne, dans leurs plus extrêmes violences, le poids de sa sagesse, et ainsi elle n'était pas une fille de Minos et elle ne ressemblait en aucune façon aux femmes turbulentes, violentes, expansives, qui, dans les temps du passé, ont fait retentir des lamentations de leurs amours, tantôt les bois, les sommets, les gorges du Cithéron ou de l'Hémus, tantôt les voûtes encaustiquées d'arabesques des palais de Sardes ou de Milet. C'était une fille saxonne, faite pour vaincre elle-même et les autres et elle le faisait; non sans souffrir, sans réclamer, se plaindre en elle-même, sans éprouver la cuisson de tous les piquants de l'imagination en révolte, mais sans faiblir une seconde dans sa résolution de ne pas rendre autrui témoin de ses défaillances.

Elle devint sérieusement malade, et, ce qu'elle se garda bien d'écrire à Nore, elle fut prise d'un anéantissement graduel qui paraissait dénouer ses membres et dissoudre ses forces. Le médecin du Résident attribua cet état déplorable à l'influence de la saison et promit de réduire à rien, avec un peu de quinine, les symptômes inquiétants. M. Coxe dévoré d'inquiétudes en voyant sa fille adorée dans cette situation, et craignant encore pis, se jeta avec ferveur dans la foi aux médicaments et se persuada qu'il fallait en attendre beaucoup. La quinine, en effet, est une bonne chose; ce n'est pourtant pas la panacée universelle, et on ne s'étonnera guère que, recherchée par cet unique moyen, la guérison d'Harriet ait fait de minces progrès.

Pour mieux dire, ces progrès furent nuls. La santé d'Harriet était détruite. Il y a dans tous les tempéraments une sorte d'heure climatérique, où, suivant l'action des circonstances, ils se fortifient ou se perdent. Harriet était arrivée à cette révolution fatale quand l'amour de Wilfrid vint la trouver. Elle avait vingt-six ans et quelques mois. Ayant habité, pendant de longues années, dans ces contrées malsaines des pays d'au delà du Gange, où les natures les plus fortes s'usent à la longue, comme le fer sous l'application patiente de la lime, elle s'était, en apparence, défendue assez bien. Mais, en réalité, la fatigue l'avait gagnée; elle aurait eu besoin de repos, de calme, de bonheur. Un état si doux, elle l'avait entrevu, possédé même par instants, quand Nore était auprès d'elle et que, fermant les yeux sur l'avenir, elle se contentait du temps présent qui ne pouvait durer. Désormais elle avait tout perdu.

Puis, dans le cours de son existence, que de soucis ! Elle en avait eu pour son père ; souvent, elle l'avait vu en danger de mille façons ; elle en avait eu pour son frère, dont la jeunesse lui avait causé tant d'inquiétudes ! Et encore, que de travaux l'éducation de cet enfant lui avait imposés ! Que d'études stériles pour le guider et le rendre capable d'exercer son métier ! Elle avait pâli de longues soirées sur des livres arides ! Pauvre, pauvre Harriet ! Elle avait été une exilée, une ménagère surchargée, une maîtresse d'école anxieuse ! Combien l'amour lui était nécessaire ! Comme il l'eût relevée, consolée, guérie ! Elle l'avait brisé sous les doigts de la raison et de l'honneur.

Après une année et plus, elle réunit ce qui lui restait de vie et de goût pour la vie. Ce n'était pas beaucoup. Cependant elle put se lever, se mouvoir faire ce qu'elle faisait d'ordinaire. Son père, au comble de la joie de la voir debout, habillée, présidant aux repas, en conclut que bientôt la pâleur, l'émaciation de son enfant feraient place aux belles couleurs, à l'embonpoint qu'il lui avait connus, et, se disant toujours : elle va mieux, elle guérira ! il attendit patiemment et s'accoutuma à la voir telle qu'elle était : de beaux grands yeux, une blancheur de cire, une expression de douceur céleste, quelque chose de noble, oui, de divin dans sa personne. C'était le sceau de la victoire posé sur celle qui avait bien combattu. Mais il ne le discerna pas, n'ayant pas connu la lutte; il ne put que secrètement admirer sa fille telle que Dieu la lui laissait.

Les sculpteurs grecs ont connu la Beauté. Ils l'ont vue émue quelquefois, mais par des passions simples comme elle. Ils ont contemplé dans cette sublime image l'intelligence droite, cherchant peu, trouvant ce qu'elle voulait; les fronts bas, aux tempes puissamment développées des statues et de toutes ces figures promenées au long des bas-reliefs, ne montrent pas davantage. La pensée de ces temps fournissait aux artistes un thème admirable et court. Peu de moyens existaient de le varier; en le reproduisant sans cesse, sans cesse on en perfectionnait les détails peu nombreux, d'autant plus faciles à rendre, et c'est ainsi que l'art antique toucha à la perfection.

Mais nous, moins accomplis, moins élevés, nous occupons plus de points, nous voyons plus d'idées, nous savons davantage, et ce que nous devinons à demi s'étend infiniment plus loin. Ni les passions, ni les sentiments, ni les besoins, ni les instincts, ni les désirs, ni les craintes ne sont demeurés accroupis sur l'humble degré où la philosophie de Platon les trouva. Tout a monté, tout a multiplié. Ce peuple de génies ailés, qui nous mène, nous dirige ou nous égare, s'appelle désormais légion, et c'est lui qui, pétrissant les âmes, fait refléter sur la face humaine des expressions, des significations que ni Praxitèle, ni Phidias n'avaient pu connaître. Ces maîtres n'auraient point regardé la physionomie d'Harriet si elle avait passé devant eux; pour eux, ce n'eût pas été la Beauté.

C'était la Beauté pourtant, la Beauté d'une ère qui n'est pas celle de la joie, mais celle de la vie doublée et redoublée :

« Un long cri d'espérance a traversé la terre. »

Et cette espérance est celle d'échapper triomphalement aux étreintes du mal, en s'enfermant dans les murs solidement construits d'une volonté dominatrice. Voilà ce que faisait Harriet, et voilà pourquoi, n'étant plus jeune, n'ayant jamais été belle dans le sens classique de ce mot, elle était devenue, par l'exercice de la pensée, par l'effet de la souffrance, par la vigueur de la résolution, voilà pourquoi elle était devenue plus que belle.

CHAPITRE IV

Avec le temps, l'indomptable nécessité imposa
une sorte de paix dans le cœur d'Harriet. La fille
du missionnaire cessa de revenir sur ce qu'elle
avait fait et de le discuter. Elle s'approuva, sans
plus s'écouter, d'avoir pris le seul parti conci-
liable avec ce qu'elle considérait comme son devoir
vis-à-vis de Nore. Elle eut cependant plus de
peine à accepter la séparation. On renonce à aug-
menter un bonheur, à le faire autre qu'il n'est,
à dire à la destinée : vous ne me donnez pas assez !
je veux plus ! On s'accommode de peu et on prend
encore son parti de vivre avec ce peu; mais la séparation ! mais l'absence ! Quel pays du vide et
comme il se peuple de fantômes !

Si Nore avait été là, Harriet, sans nul doute,
se fût accommodée de ne jamais l'épouser, action
que sa droiture lui disait absurde et coupable; il
eût été là du moins. Elle pensait, et peut-être
avait-elle raison, qu'elle eût consenti même à le
voir s'occuper d'une autre femme. Dans son exis-

tence solitaire, avec un cœur si tourmenté, elle rêvait beaucoup, se détachant de la réalité autant qui lui était possible, et, sous les diverses images qu'elle ne se lassait pas d'évoquer et de changer, elle se figurait souvent un état de choses dans lequel il lui eût été permis de vivre auprès de Nore marié, et elle se disait qu'elle eût adoré ses enfants.

Mais qu'il ne fût pas là, qu'elle ne dût peut-être jamais le revoir, ou, tout au plus, dans un temps si éloigné que l'espérance s'usait à marcher sur cette route, elle avait peine à s'y résigner. Elle ne voulait de lui plus rien que le voir, et, ne pouvant pas et ne prévoyant pas quand cela se pourrait, son cœur, pourtant dompté, se serrait de nouveau, les larmes remplissaient ses yeux, et elle subissait, dans les tristes heures où sa pensée s'attachait à cette vérité nouvelle, un tourment lent, sourd, prolongé, qui égalait presque en douleurs ses désespoirs terribles des mois précédents.

Les lettres de Wilfrid ne lui avaient pas apporté un grand soulagement. Le langage emporté, violent, accusateur de cet enfant déçu avait plutôt nourri sa passion, autorisé ses révoltes que satisfait son âme. Quand plus de calme apparut dans ces messages d'ailleurs moins fréquents, quelquefois Harriet le prit mal, y soupçonnant une indifférence naissante et s'en offensant comme si elle ne l'eût pas elle-même commandée. Ensuite, la façon d'écrire de Nore devint celle d'un ami tendre, attaché, et aucune flamme n'éclata dans les mots; la pauvre Harriet se dit alors que Wilfrid ne l'aimait plus. Elle trembla de voir cesser à fait une triste correspondance qui déjà ne la satisfaisait pas, et qui cependant projetait sur sa vie l'unique lueur qui pût encore y briller.

J'ai tort de dire, d'une manière si absolue, que les lettres de son ami ne la satisfaisaient pas. Parfois un mot, un mot seul, tout à coup découvert, vivement saisi, en illuminait les quatre pages. Ce que Nore lui disait l'intéressait toujours infiniment moins que ce qu'elle croyait découvrir par l'emploi de certaines expressions, par l'arrangement de certaines phrases, par la marche plus ou moins pressée, plus ou moins lente de l'écriture. Elle lisait entre les lignes des choses désolantes souvent, consolantes quelquefois, et, çà et là, poignantes par le bonheur qu'elles lui causaient. Sans doute, elle ne voulait plus être aimée de Nore comme l'avait été; sans doute, sans aucun doute; mais que voulait-elle? Hélas ! les lettres de Wilfrid étaient des œuvres magnifiques, saturées d'une puissance redoutable; elles ne disaient pas ce qu'elles disaient; elles ne contenaient pas ce qu'elles semblaient contenir; elles portaient la joie ou la douleur dans leurs plis. Pendant la nuit, la froide, la calme, la sévère Harriet serrait le mince papier avec passion contre son cœur et contre ses lèvres. Elle n'eût osé le faire en plein jour.

Cependant un grand événement arriva. Elle ne prévoyait rien de semblable; elle n'y avait même jamais beaucoup songé, le croyant impossible. Son père, bien que ne devinant en aucune

manière les sentiments qui l'absorbaient, avait
cru comprendre que le séjour de l'Asie lui était
devenu de plus en plus insupportable, et le médecin du Résident, à bout de ressources, répétait
avec emphase que Bagdad la tuait, et qu'un voyage
dans son pays natal était pour elle une véritable
nécessité. Coxe s'était d'abord épouvanté de cet
arrêt. On l'avait envoyé en Asie pour y distribuer
des Bibles; il en distribuait et il vivait; mais, s'il
interrompait sa distribution un seul jour, il était
clair qu'il ne vivrait plus, ni lui ni aucun des siens.
S'en aller à Londres, c'était renoncer à l'opération
commandée; d'autre part, Coxe trouvait dur
d'avoir à laisser sa fille mourir de langueur ou à
mourir de faim avec elle.

Dans un embarras qui, pour cette nature affectueuse et aimante, devenait un véritable supplice,
Coxe prit un parti violent, et dont lui-même ne se
serait jamais cru capable. Il était timide au delà
de toute expression et n'avait jamais rien demandé
à personne; le pauvre homme n'imaginait pas
une pareille indiscrétion fût possible. Il le fit cependant; sa tendresse pour Harriet l'emporta sur
tout, et l'éleva jusqu'à l'héroïsme. Sans rien dire
chez lui, comme un confesseur de la primitive
Église qui se fût rendu tout seul à l'amphithéâtre,
dans le but réfléchi de s'y faire dévorer par un tigre,
Coxe, rouge, pâle, démesurément troublé, alla
faire une visite au Résident.

Celui-ci connaissait peu le missionnaire, mais le
savait tout à fait digne d'estime. Il le reçut à mer-

veille et se montra disposé à l'écouter avec bienveillance. Coxe appela à lui son courage et exposa
que de malheureuses circonstances de famille lui
faisaient désirer d'aller passer quelque temps en
Angleterre. Il avait d'abord résolu de ne pas entrer
dans les détails de ses pensées, ni même d'en dire
la cause, se bornant à les laisser entrevoir; car,
quelle apparence y avait-il à ce qu'un Résident
de Sa Majesté britannique, un si grand personnage, pût condescendre à s'intéresser à la maladie de la pauvre fille d'un simple missionnaire?
Cependant il ne se tint pas parole; il s'émut en
parlant, et avoua qu'il avait peur de voir mourir
son Harriet, s'il ne l'emmenait pas. Il était désolé;
car il n'avait pour vivre que sa profession, et s'il
partait, que devenir? Pourtant, que résoudre?

Le Résident avait écouté avec les marques d'un
intérêt véritable :

— Il vous faut demander un congé aux chefs
de votre Société. Depuis combien de temps êtes-
vous en Asie?

— Depuis dix-huit ans, monsieur.

— Et vous n'avez jamais interrompu vos fonctions?

— Non, monsieur, répliqua Coxe, et je puis
vous assurer que je les continuerais de mon mieux,
comme j'ai fait jusqu'ici, sans le malheur sous
lequel je succombe.

Le Résident comprit que Coxe considérait comme
monstrueuse la prétention de solliciter un congé
après n'avoir servi que dix-huit ans continus.

— Je me charge de cette affaire, dit-il; j'écrirai moi-même à Londres, et je vous ferai parvenir la réponse.

Coxe remercia très mal, parce que la reconnaissance l'étouffa et lui coupa la parole, puis il rentra chez lui, garda le secret sur sa démarche et attendit dans une grande anxiété les résultats. En de certains moments, il voyait tout en rose; alors, il se flattait d'obtenir neuf mois de congé, le temps de l'aller et du retour compris, et, avec une demi-solde; mais il estimait au fond cette imagination folle et exagérée. Quatre mois seraient bien suffisants, pour peu qu'Harriet les employât consciencieusement à se soigner.

Au bout de trois mois, le Résident le fit appeler. Coxe devina ce dont il s'agissait. Il se sentit près de s'évanouir et eut toutes les peines du monde à arriver jusque dans le salon où il était attendu. Le Résident lui remit une dépêche.

Il obtenait un congé de trois ans avec sa solde entière. Tout ce qu'il put faire, ce fut de serrer la main de son protecteur qui, comprenant ce qui se passait, le poussa sur un fauteuil où Coxe tomba plutôt qu'il ne s'assit, voyant le ciel tout grand ouvert, où, en manière d'anges, le Résident et les directeurs et les actionnaires de sa Société voltigeaient sur les nuages. Les cœurs de cette espèce n'aperçoivent jamais que le bien qu'ils reçoivent et payent de suite en bénédictions et en gratitude, sans rechercher ni la façon ni les motifs. Enfin Coxe revint un peu à lui, trouva quelques mots à dire à son bienfaiteur, plus que payé déjà par l'expression de ce vieux visage vénérable, et s'en retourna chez lui. Maintenant, la grande affaire était de communiquer la nouvelle à Harriet.

Fallait-il la lui révéler tout d'un coup, là, brusquement? O ciel! non! Il risquerait de la tuer! Qu'on juge de l'émotion! Quelle surprise! Elle ne savait pas même que son père pensât à rien de semblable. Et un tel succès encore! Non, il fallait trouver un moyen adroit, procéder avec mesure, avec précaution; ne pas trop en avouer à la fois, traîner la confidence pendant huit jours, et s'arranger de telle sorte que, lorsqu'elle sera faite, elle ne causât qu'un plaisir calme, tant les transitions auraient étaient habilement ménagées.

Coxe, s'étant ainsi préparé, entra dans le salon d'Harriet et vint s'asseoir auprès d'elle.

— Qu'avez-vous, mon père? lui dit-elle. Vous semblez bien joyeux, et je ne vous ai jamais vu ainsi.

Mais Coxe, s'enfonçant dans sa dissimulation, répondit avec profondeur :

— Non! Harriet, je ne suis pas très joyeux. Je voulais vous dire seulement que j'ai pensé, il y a trois mois, à demander un congé pour aller passer quelque temps en Angleterre.

— Et vous avez reçu une réponse favorable aujourd'hui?

Coxe resta consterné.

— Qui vous l'a dit? s'écria-t-il.

— Mais vous-même, mon père, répondit-elle

en souriant. Vous m'annoncez ce que vous avez fait il y a trois mois, et je vous vois tout content. J'en conclus que l'on vous a accordé ce que vous demandiez.

Coxe se murmura à lui-même le titre d'une ancienne comédie espagnole : « Une femme est un diable », il et resta pensif, ne sachant s'il devait avancer ou reculer.

— Parlez donc, je vous en prie ! s'écria à son tour Harriet, en réalité fort émue ; que vous a-t-on dit ?

— Trois ans de congé et solde entière ! repartit Coxe avec désolation, car il s'attendait à voir Harriet pâlir et perdre connaissance.

Elle ne perdit pas connaissance ; elle serra la main de son père et n'articula pas un mot. Elle avait couru de suite, dans sa pensée, vers l'autel de ses rêves : je vais donc le voir ! s'était-elle dit. Au dehors il ne parut rien ; elle ourlait une serviette ; elle la continua.

Coxe, rassuré, fit des projets ; Coxe, pour la première fois, pensa à s'amuser ! Il exprima le désir de s'arrêter en Italie pour visiter les chefs-d'œuvre des arts ; il voulait les voir tous ! Il irait à la Vaticane ; il irait aussi à l'Ambrosienne ; il n'oublierait assurément pas la Laurentienne, et, Dieu garde qu'il ne prît pas d'une main tremblante d'émotion quelques notes sur les manuscrits même de Saint-Marc ! En parlant ainsi, il regardait Harriet, cherchant à s'assurer qu'elle ne souffrait pas plus que d'habitude. Pauvre excellent homme ! Il ne se connaissait pas à ces choses-là ; il restait inquiet et aveugle; sa fille lui répondait des lèvres; le cœur était loin, et c'est ainsi que ces deux êtres qui se chérissaient n'étaient pas ensemble, bien qu'à côté l'un de l'autre, et traitaient presque comme un malheur le plus grand sujet de joie que le ciel leur eût encore accordé.

Quand elle se trouva seule, Harriet chercha à comprendre sa situation et à prévoir. Il y avait maintenant six ans qu'elle était séparée de Nore. Il était en Amérique; mais il allait retourner à Londres. Elle le verrait. Était-ce un bien? Était-ce un mal? Était-ce du bonheur? Était-ce, au contraire une préparation à de nouvelles souffrances? Assurément, quoi que ce fût, ce n'était pas du plaisir, mais bien une situation solennelle, d'impression violente, forte, sérieuse dans laquelle elle entrait. Elle ne songea pas un instant à revenir sur le passé, à essayer de rien changer à la position choisie par elle-même, ni à modifier l'affection passive et bien peu attachée qu'elle avait demandée à Wilfrid et qu'elle acceptait seule de lui. Il n'était pas question d'en attendre davantage. Mais elle, qu'allait-elle éprouver?

Réfléchie et prudente, elle connaissait l'étendue entière du péril; elle avait peur. Dans certains moments, elle eût préféré ne jamais revoir son amant et se contenter de vivre avec le passé, et ce que les lettres du jeune voyageur lui apportaient encore des parfums chéris. Dans d'autres heures, elle se disait :

— Hé bien ! je souffrirai; que fais-je autre chose?

Un peu plus, un peu moins... Je l'aurai revu !...
Il sera indifférent; non pas froid... moins que froid...
indifférent ! Il ne se demandera pas même si, par
un hasard, je ne l'ai pas trompé; si ce cœur ne
l'aime pas toujours, fidèlement, sans espérances !
sans désirs, sans volonté de rien recevoir, oh !
mais toujours !... il ne se demandera rien de semblable !... Il me parlera d'autres personnes, de personnes qui lui sont plus que moi, comme il le fait
dans ses lettres .. Lady Gwendoline est si jolie !...
Pauvre Harriet !... Oui, mais il sera devant moi,
assis, là... devant moi... il me parlera... j'entendrai
le son de sa voix... je verrai ses gestes... Que l'homme qui a succédé à l'adolescent doit être... Ah !
folle que je suis !...

Et en effet, d'avance, elle le voyait, les yeux
fixes, la tête inclinée, elle le voyait, le regardait,
l'entendait. Cette façon dont elle avait vécu depuis
six ans... vécu !... ah ! plutôt dont elle mourait,
était une sorte d'extase qui, en ce moment, redou-
blait d'intensité.

Enfin, de quelque manière qu'elle prît ce que son
père venait de lui annoncer, elle n'y pouvait rien
changer, et il n'eût été ni raisonnable ni naturel de
faire une opposition quelconque à ce qu'elle devait
considérer, au jugement de tout le monde, comme
l'événement le plus heureux pour sa famille et
pour elle-même.

Elle se plia donc à admettre les compliments
de ses compatriotes. Coxe écrivit à son fils, alors en
station à Poulo-Pinang, pour l'informer de sa nou-

velle situation, et, aussitôt qu'une occasion de voyager sans trop de fatigue eût été combinée, Harriet et son père quittèrent Bagdad et s'acheminèrent vers l'Europe.

Ii y a bien des ingrédients divers et des ressorts compliqués dans la nature humaine. Harriet ne laissa pas que d'être vivement distraite, intéressée par ses premiers contacts avec cette Europe, abandonnée depuis tant d'années. En arrivant en Italie elle eut des émotions charmantes. Son père, toutes les fois qu'il ne craignait pas de la fatiguer, l'emmenait dans les musées et sous les voûtes de ces merveilleuses églises dont le génie du moyen âge et celui de la Renaissance font encore parler les murailles, et de quelles voix, et pour répandre les effusions de quels génies! Elle mettait dans ces promenades et ces visites moins d'enthousiasme, sans doute, que Coxe, mais elle en était pourtant émue aussi, et, d'ailleurs, voir son père si heureux, c'était beaucoup pour elle. Elle se prêtait donc à ce qu'il voulait d'excursions et d'études, autant que ses forces pouvaient le lui permettre.

Ils visitèrent aussi les villes méridionales de la Péninsule, et, à peu près au moment où Nore revenant du Mexique débarquait à Southampton, ils arrivaient à Rome.

Un matin, ils achevaient de déjeuner. La fenêtre était ouverte; le temps ravissant, une fraîcheur printanière se mêlait à la chaleur fécondante; les jardins s'étendaient à perte de vue, avec leurs cyprès, et les dômes des églises et les pans de murs majestueux de quelques ruines faisaient passer les regards jusqu'aux horizons rougeâtres de la campagne romaine sillonnée d'aqueducs. On apporta les journaux et les lettres, et parmi, il s'en trouva une de Wilfrid avec le timbre d'Angleterre.

Harriet la prit et lut ce qui suit :

« Hé bien ! chère Harriet, vous vous êtes donc décidée à sortir de votre caserne asiatique, absolument comme je me tire moi-même de mon marécage américain. C'est bien fait à vous, assurément ; je ne l'espérais guère ; mais il ne m'est pas permis d'en douter, car je trouve ici un paquet, et, m'attendant depuis six mois, la série entière de vos missives relatives à ce grand événement. J'ai bien le développement complet de l'histoire : premier avis de Bagdad ; second avis du même lieu avec considérations critiques sur ce problème : ne vaudrait-il pas mieux ne pas partir du tout, par égard pour les habitudes prises et crainte des habitudes à prendre ; lettre de Beyrouth, lettre de Malte, enfin lettre de Bologne. Je vous écris maintenant dans la ville éternelle, puisque aussi bien vous devez y être, et j'aime à penser que M. Coxe, fidèle à ses errements, qui ont dû devenir chez lui aussi impérieux que les autres mouvements de la nature, n'aura pas manqué d'aller offrir une Bible anglaise au Saint-Père.

« Le Mexique, je vous l'assure, est un pays agréable ; on est à peu près certain d'y être assassiné dans un délai raisonnable. J'y reviendrai quand je serai las de la vie. En attendant, je suis fort gai. Je passerai quinze jours à Wildenham chez un cousin, et, si vous le permettez, je vous ferai ensuite une petite visite. Est-ce convenu? Adieu.

« W. N. »

Cette lettre fut une de celles qui causèrent le plus de chagrin à Harriet. Elle n'aimait pas ce ton de persiflage qui s'était développé chez Wilfrid et avait pris la place des éclats d'exaltation auxquels il s'abandonnait autrefois à tout propos. Elle ne comprenait pas que son ami avait subi l'action du monde ambiant qu'il avait souffert beaucoup et ne se souciait plus d'exposer ce qu'il sentait au contact des sots et des méchants, et que, dérobant en lui-même son individualité, il la tenait garantie sous une carapace rugueuse et piquante d'ironie et d'agression.

Harriet était surtout blessée quand, dans ses légèretés de langage, Nore paraissait sortir, à l'égard de son père, du respect profond qu'elle-même portait à celui-ci, et non seulement elle en souffrait pour elle-même, elle accusait alors secrètement celui qu'elle aimait, d'avoir perdu le pouvoir de comprendre et de vénérer la vertu.

Enfin, et il ne faudrait pas jurer que ce dernier grief ne fût pas le plus considérable, elle souffrit de voir Nore aller à Wildenham, au lieu de lui demander (ce qu'elle eût trouvé inopportun, s'il l'avait fait) de venir la voir de suite, en Italie, et cette faute, cette faute? non ! ce tort?...... non, pas même

ce tort, enfin cette action qu'elle ne qualifiait pas,
était bien aggravée par la circonstance que Nore ne
disait pas un mot de lady Gwendoline et ne semblait pas y songer, tandis qu'au contraire, il était
évident que c'était elle qu'il cherchait et voulait
revoir de suite. Voilà où en était une femme qui ne
prétendait pas à être aimée, qui l'avait déclaré,
imposé, et qui, pour le salut de sa vie, n'eût consenti
jamais à avouer un seul des mouvements de ce
cœur qui, depuis sept ans, était servilement acquis
à Nore et mis en grande voie de cesser de battre
par désespoir d'amour. Mais de tout ce qui consti-
tue le mécanisme humain, la partie la plus perfec-
tionnée est assurément celle qui est chargée de
troubler et désappointer le reste.

Harriet ne voulut pas sortir ce jour-là. Son père,
la trouvant plus pâle et plus concentrée que de
coutume, se garda de la presser, et, en soupirant,
s'en alla.

Alors, se voyant seule, Harriet se mit à une
table et répondit ainsi qu'il suit, à la lettre de
Nore :

« Je suis bien aise, cher Wilfrid, que votre première pensée, en revenant en Angleterre, ait été
de revoir vos parents. Je vous ai toujours pressé
d'avoir là vos affections principales ; mon cœur,
qui ne m'a jamais trompée quand il s'agit de vous,
me le dit : votre bonheur futur viendra de ce côté.
Je ne voudrais pas trop de hâte de votre part à
venir ici. Mon père y trouverait sans doute beau-

coup de plaisir et moi également, vous le savez. Mais, aussi, vous avez mieux à faire que de changer vos projets et de déranger votre vie, pour rencontrer des personnes assurément en dehors de votre existence. Une ancienne et passagère affection, c'est leur unique droit à votre souvenir. Vous ne nous devez pas beaucoup, rappelez-vous-en bien. Probablement, nous nous reverrons. Il n'est pas nécessaire que ce soit demain, ni après, ni dans un mois, ni plus tard. Puisque nous devons rester trois ans en Europe, il ne faut pas vous presser. Mon père achève son grand ouvrage sur les Birmans; il ira à Londres l'hiver prochain pour le publier. Si, à cette époque, vous n'êtes pas sur le continent, vous serez le bienvenu chez nous. A l'occasion, écrivez-moi. Nous partirons pour Florence dans quelques semaines. J'aime à penser que je vous suis toujours de quelque chose. Je ne demande pas beaucoup, mais je ne voudrais pas être oubliée tout à fait. Adieu, cher Wilfrid; je vous ennuie peut-être en vous écrivant si longuement. Pardonnez à une vieille amie si bavarde.

« HARRIET. »

Cette lettre fut mise à la poste et ne trouva pas Nore en Angleterre; il n'avait fait qu'y passer, n'était pas allé à Wildenham, et, de suite, avait pris son chemin vers l'Italie. Puis, tout à coup, il avait changé d'idée; étant à Turin, il avait rebroussé vers Paris, et, à peine à Paris, était parti pour Naples; mais il ne s'y était pas arrêté et s'était dirigé sur Corfou; là, il s'était encore trouvé mal à l'aise probablement, car il avait avait conçu le projet de visiter Venise, et de Venise il était venu aux lacs où nous l'avons rencontré. Ce fut à Milan que la lettre d'Harriet l'atteignit.

Un matin, avec Laudon, ayant demandé sa correspondance à la poste, il trouva les lignes de son amie et une autre missive encore. Son compagnon en eut une également. Ils s'assirent sur un banc, sous des arbres, et se mirent à lire chacun de leur côté.

Lorsque Nore eut achevé ce que lui disait Harriet, il resta pensif assez longtemps; puis remit la lettre dans son enveloppe, l'enferma dans son portefeuille et plaça le tout dans sa poche de côté. Cela fait, il regarda la seconde et reconnut la grande écriture impérieuse et brouillonne de sa cousine lady Gwendoline.

Au moment où il l'ouvrit, une odeur exaspérée de trente-huit mille parfums extraordinaires s'en échappa comme une légion de diables roses. Le papier portait un chiffre de deux pouces de hauteur, rouge, bleu, vert, or, argent, et n'avait lui-même que trois pouces de long. La composition totale du chef-d'œuvre formait un manuscrit de dix pages :

« Eh bien ! mon auguste et sage cousin, que fait Votre Grandeur? Sachez que depuis votre aimable déclaration que vous ne viendrez pas à Wildenham nous raconter vos méfaits mexicains,

je me suis amusée au delà de toute expression
possible. Votre originalité affectée nous manquant,
nous en avons été dédommagés par une invasion
des originalités les plus véritables. Nous possédons
de tout : des élégants de la première volée, des
artistes, des militaires, des hommes politiques et un
poète assez bon joueur de whist. Tous les soirs,
c'est, dans le salon de ma respectable mère, un
concert de platitudes à mourir de joie. Le gagnant
du Derby de cette année m'a demandé ma main !
Je le trouve assez bon pour coquetter avec lui;
mais tout me fait prévoir qu'à la fin je me déciderai pour un autre de nos hôtes dont je ne vous
dirai pas le nom, afin de vous intriguer. Il est bien
honnêtement amoureux de votre servante, celui-
là ! Avant de dire oui tout à fait et sans rémission
il n'est cependant pas impossible que je vous sou-
mette l'état de la question, pour m'éclairer de
vos incomparables lumières. Seulement n'y comp-
tez pas trop. Croyez-vous absolument nécessaire
de faire le bonheur de quelqu'un, lorsqu'on est
surtout résolue à faire le sien propre? C'est subtil
ce que je vous demande, mais, en même temps,
pratique comme tout ce que vous devez attendre
d'une personne aussi parfaitement distinguée et
bien élevée que celle qui a l'honneur de se dire,
mon cher Wilfrid, votre dévouée cousine,

« GWENDOLINE NORE. »

Le lecteur de cette épître resta pensif pendant
quelques instants. Il était tellement absorbé

dans ses méditations que, certainement, il ne s'apercevait pas du travail de ses doigts. Ce travail consistait à déchirer si menu, si menu, les confidences de sa belle cousine, que le monument de la papeterie moderne s'en alla joncher la terre en atomes. Du reste, les réflexions si profondes de Nore n'avaient peut-être pas pour objet lady Gwendoline. Laudon rappela son ami dans ce bas monde, en s'écriant avec conviction :

— C'est un ange digne d'être adorée !

— Qui cela? dit Nore.

— Madame Gennevilliers, repartit Louis en lui montrant la lettre dont lui-même venait d'achever la lecture.

— Voulez-vous me permettre de lire ce que l'esprit peut avoir de plus délicat, le cœur de plus aimable?

— On ne refuse pas de pareilles bonnes fortunes répliqua Wilfrid. Je vous écoute.

— Voici ce que m'écrivit cette ravissante femme murmura Laudon :

« Monsieur,

« Vous nous manquez véritablement, M. de Gennevilliers ne sait plus à qui parler et je n'ai personne pour nous aider à choisir nos promenades. Nous parlons de vous et cela nous console. M. de Gennevilliers prétend que si vous voulez suivre ses conseils, il répond de votre avenir. Faites-le donc. Vous savez combien nous aurons de plaisir à vous voir dans le monde, y occupant la place à laquelle vous avez droit. Un homme dans votre position est fait pour rendre les plus grands services à la société, et ce n'est pas vous, assurément, qui voudriez vous y refuser quand une fois vous aurez réfléchi sérieusement, ce qui, je le crains, ne vous est pas encore arrivé. Mais comme nous vous ferons faire pénitence cet hiver ! Nous comptons sur vous, monsieur. Et, à propos, madame de Longueil me demande ce que vous devenez. Saviez-vous qu'elle a perdu sa tante et que la voilà maintenant avec cent mille francs de rentes et le beau château de Longueil en plus? Cela console de bien petites afflictions? Qu'en dites-vous? Adieu donc, et pensez quelquefois à des amis véritables, au nombre desquels vous me permettrez de me compter.

« BLANCHEFORT DE GENNEVILLIERS. »

— Comment trouvez-vous cela? s'écria Laudon en fermant sa lettre.

— Délicieux ! répondit Nore. Il faut que je vous quitte pour quelques jours.

— Une affaire?...

— Oui, une affaire. Mais je serai ici..... voyons !... oui ! vers la fin de la semaine.

— Rien de désagréable, j'espère?

— Aucunement.

— Eh bien ! donc, quand partez-vous?

— Tout de suite.

— Comment, tout de suite ! à l'instant même? Restez là sur ce banc, relisez paisiblement cette lettre qui paraît vous charmer; non pas celle que vous avez déchirée, l'autre !

— Non, merci bien ! Je n'ai pas le temps. Je m'en vais. Au revoir !

Là-dessus, Nore donna une poignée de mains à Laudon un peu surpris, et s'en alla.

CHAPITRE V

M. Coxe et sa fille étaient depuis deux jours à Florence, quand, un matin, la porte s'ouvrit et Nore entra.

— Bonjour Harriet, dit-il, comment allez-vous?

Elle ne répondit pas; elle donna sa main à l'arrivant et serra imperceptiblement la sienne, puis, au bout de quelques secondes, sourit doucement et dit :

— Comme vous avez grandi, Wilfrid, et devenu fort ! L'enfant a disparu.

— Il était temps, répondit Wilfrid en s'asseyant auprès de son amie. Il tenait toujours la main de celle-ci et la regardait avec une profonde attention. Un silence complet s'établit. On entendait le battement régulier de la pendule.

— Comment se porte M. Coxe? demanda Nore.

— Oh ! très bien. Il est allé visiter quelque musée.

— Cela l'intéresse?

— Beaucoup.

— J'en suis ravi. Vous resterez trois ans en Europe?

— Je le suppose, Wilfrid.

— Et ensuite vous retournerez à votre ancienne existence?

— Assurément.

— Vous êtes contente de cette perspective? Cette vie qui n'en est pas une, cette perpétuelle rupture avec tout ce qui pourrait vous plaire et vous attacher, cette déshabitude de ce qui vaut la peine de rester en ce monde, vous l'acceptez?

— On vit comme on peut, où l'on peut; l'important est de se soumettre à ce qu'on doit.

Wilfrid s'approcha de la fenêtre et regarda sur la place.

Harriet se dit : Il n'a pas même gardé d'amitié. Pourquoi est-il venu?

Comme s'il eût entendu cette question, Nore revint à la place près d'Harriet, et, prenant un air désintéressé qui lui était devenu habituel, il lui dit avec le plus grand calme :

— Je suis venu, Harriet, pour savoir si vous ressemblez tout à fait à vos lettres. Celles-ci sont de la placidité la plus absolue. Elles semblent écrites par une divinité habitant au-dessus de la région des nuages, et par conséquent des orages; ce qu'elles contiennent est sagesse, et, de cette sagesse, si on la pouvait distiller, on fabriquerait un élixir capable de transformer toute la race des hommes en philosophes impeccables et infaillibles. Permettez-moi de vous confesser que je vous trouve cependant pâle, changée, et si vous aviez employé à défendre votre santé une partie du temps consommé à perfectionner votre raison, je vous en féliciterais.

Ce petit discours fit sur celle à qui il était adressé une singulière impression. Il changea les rôles. Elle y sentit de la force, et les femmes du Nord, principalement, adorent la force dans ceux qu'elles aiment. Ce grand garçon, assis devant elle à cette heure, n'avait pas seulement l'air résolu, il en avait aussi le propos. Jusque-là, elle l'avait considéré comme un enfant ayant besoin de son aide; elle lui avait écrit sur ce ton; il n'avait jamais réclamé; elle comprenait son erreur; il était un homme et elle une femme. Au fond du cœur, cette remarque lui plut, et elle abdiqua volontiers; levant les yeux avec une sorte de timidité, elle répondit donc :

— C'est vrai, j'ai été un peu malade, Wilfrid. Mais je vais reprendre promptement. Il ne me faut guère que des soins.

— Vous n'en manquerez pas, dit Wilfrid; et c'est moi qui m'en charge.

Elle se mit à rire :

— Comme c'est bon à vous ? Pour combien de jours?

— Pour le reste de votre vie et de la mienne.

— Quel sens voulez-vous que j'attache à des paroles si exagérées?

— Elles ne sont pas exagérées le moins du monde; j'ai l'intention d'obtenir votre main, et il me semble naturel qu'un mari s'occupe à perpétuité de votre bonheur personnel, trop négligé jusqu'ici.

En parlant de la sorte, Nore regarda Harriet dans les yeux; elle comprit que c'était sérieux et arrêté à l'avance, et qu'un refus n'allait pas trouver une soumission facile. Troublée de toutes manières, au moment même où elle se croyait certaine de n'avoir plus même la moindre parcelle du cœur de Wilfrid; ne s'étant plus attendue à la voir, le revoyant autre qu'elle ne l'avait connu; au fond, saisie dans la plénitude de son être par un transport de bonheur irrésistible, elle ne sut d'abord que baisser la tête, et, hors d'état d'articuler un mot sur ce qu'elle voulait ou pensait, jamais créature humaine ne se vit jetée plus loin et plus en dehors de sa propre possession.

Cependant, à la fin, elle mit ses mains sur ses yeux, appuya ses coudes sur la petite table placée devant elle et murmura d'une voix presque indistincte :

— Wilfrid, ne revenons pas sur ce qui est fini.

— Rien n'est fini, et je ne retourne pas sur ce que je n'ai jamais quitté. Vous aimez la raison, Harriet? Je vais donc vous parler raison.

Il reprit sa main qu'elle défendit faiblement; elle était trop émue. Pour lui, il avait légèrement rougi, ses yeux brillaient, son âme était tout entière dans ses regards et allait vibrer dans son langage

— Pourquoi ne m'aimez-vous plus? dit-il; pourquoi ne m'aimez-vous pas? Moi, je n'ai jamais aimé que vous, songé qu'à vous. Depuis des années, je vous ai quittée; j'ai regardé par le monde si je trouverais une autre femme prête à me donner seulement la moitié de ce que j'ai vu et désiré en vous. Je l'ai cherchée de bonne foi, je ne l'ai pas rencontrée; je sais qu'elle n'existe pas, cette nature si désirée de la mienne et qui peut me faire monter à l'unique espèce de bonheur créé pour moi. Que voulez-vous que je fasse sinon de vous répéter : je veux vivre avec vous.

— Je ne vous aime pas, murmura Harriet, tenant toujours la tête basse et avec l'accent qui repousse une allégation insoutenable.

— Oui, vous m'aimez; mais je vous vois, je vous comprends, je vous connais! Une générosité mal placée, un dévouement irréfléchi vous réduisent à un sacrifice qui vous navre. Parce que vous souffrez, vous croyez bien faire. Ne persistez pas! Votre malheur et le mien, oui, le mien pour toujours, seraient l'unique résultat de notre misérable héroïsme. Vous êtes plus âgée que moi, et, dans quelques années, pensez-vous (peut-être allez-vous même jusqu'à vous dire dans quelques mois), le jeune mari n'éprouverait plus pour sa femme trop grave que le souci résultant d'une union mal proportionnée. Croyez-vous donc que je cherche en vous les amusements d'une lune de miel, que j'aie pour vous un caprice, que la résistance excite ma fantaisie? Un tel enfantillage ne m'est pas du tout nécessaire; je ne puis me passer d'une amie. Il me faut une amie! quelqu'un dont le cœur soit d'or, sûr, pur, éprouvé comme l'or! J'ai trouvé

Harriet; elle a ce cœur-là; je le connais, je l'ai deviné, je l'ai compris il y a des années. Quel aveugle serais-je de laisser un tel trésor enseveli dans son abnégation cruelle, lorsque je ne puis m'en passer ! Mon Harriet, ma bien-aimée, vous voulez des paroles de raison? Vous voyez bien que je vous en donne. Laissez-vous persuader; vous vous êtes défiée de l'enfant dont le caractère, en changeant avec les années, pouvait emporter l'amour; le caractère a changé, sans doute, et l'homme a laissé tomber sur les chemins bien des rêveries; mais, vous le sentez, n'est-ce pas? l'amour est resté. C'est pour moi comme l'arche sainte était pour les Hébreux. Les générations des croyants mouraient successivement autour d'elle; la maison divine, promenée partout au milieu des tentes voyageuses, dans les déserts, remisée au hasard dans les cabanes, voyait autour d'elle changer les paysages; oui ! mais elle, elle ne changeait pas, et, un jour, elle se trouva placée dans le plus beau temple qui fût jamais ! Eh bien ! Harriet, vous êtes assurée maintenant qu'il en est de même pour vous ! Mon arche sainte, à moi, c'est l'affection que je vous porte. Je l'ai conservée toujours, je l'ai toujours vénérée; elle m'a dirigé dans tout : c'est l'étoile de ma vie. Je veux me reposer à jamais sous ses rayons, la plus douce, la plus caressante des lumières ! Et si vous m'aimez, et si vous êtes juste, vous ne sauriez m'opposer des méfiances que je ne mérite pas.

Harriet n'osa répondre directement; son cœur

était trop plein. Elle se sentait si faible devant le langage de Wilfrid, et le son pénétrant de cette voix, qui la remplissait d'émotion et l'attirait hors de toutes ses volontés !

— Que vous êtes resté romanesque, Wilfrid !

— Romanesque ! Pourquoi? Suis-je moins un homme parce que je vous semble différent du modèle sur lequel sont taillés mes contemporains? Qu'y a-t-il de commun entre eux et moi? Romanesque ! Parce que je ne me soucie ni de leurs grandeurs, ni de leurs bassesses, ni de leurs distinctions, ni de leurs humiliations, ni de leurs élections, ni de leurs moyens de faire fortune, ni de leurs fortunes même, ni de leurs déboires ! Je serais romanesque si, concevant mes désirs d'après une imitation puérile, j'y mêlais les choses de la vie commune, sans cesse préparé à abandonner ce qui ne serait que des rêves pour des réalités banales, dont je n'aurais ni su ni voulu me détacher; mais, grâce au ciel ! rien de semblable n'existe, et vous le savez bien ! Il se peut que la création, qui jette pêle-mêle bien des germes disparates, se soit trompée à mon sujet, et, m'ayant préparé pour un tout autre milieu, m'ait par inadvertance laissé tombé dans celui-ci; mais, de quelque manière que ce soit, m'y voilà ! Je suis moi et non un autre, sentant à ma manière, comprenant les choses avec mon intelligence propre, et aussi incapable de renoncer à ce que j'ai voulu une fois, d'abandonner la poursuite de ce que j'ai désiré, aussi incapable de me démontrer que j'ai eu tort que de renoncer une heure à respirer l'air ! Certes, Harriet, si je voulais vous oublier, je n'y parviendrais pas, et il me faudrait revenir, repentant, obstiné, à la trace que je n'ai jamais eu le pouvoir d'abandonner ! Est-ce là ce que vous appelez un trait romanesque ? J'eusse pensé, moi, qu'un caractère viril devait en être surtout marqué, mais je ne disputerai pas sur les mots ; romanesque, soit ; admettons que je le sois ; du moins, je le suis à demeure, et ce n'est assurément pas plus effrayant pour ceux vis-à-vis desquels je m'engage que si j'avais la passion effrénée de jouer à la Bourse ou de trier ma future compagne parmi les héritières. Prenez-moi comme je suis, assurée de la droiture de mon intention ; je ne peux pas vous tromper, je ne vous tromperai jamais, et... ne pleurez pas, ma chérie, et répondez-moi que vous me voulez bien !

C'était vrai ; des larmes coulaient doucement sur les joues d'Harriet, ce n'étaient plus des larmes douloureuses. La pauvre fille se sentait envahie par un bonheur qu'elle n'eût jamais cru possible. C'était une sensation puissante, forte, ravissante, assurément la même que celle dont les demi-dieux étaient pénétrés, quand, saisis par l'aigle céleste de l'Olympe, ils voyaient devant eux l'éternelle Jeunesse leur verser l'ambroisie ; le breuvage sacré, en coulant dans leurs veines, divinisait leur être. Être aimée ! quel mot pour une âme vivante ! Elle se sentit forte et répondit :

— Je vous crois ; on croit ce qui plaît, et d'ailleurs comment me défier de vous ? Mais, mon ami, je vous l'assure, le bonheur me vient trop tard; je n'ai ni la force ni la volonté de le prendre. Je ne saurais plus qu'en faire; je suis tellement accablée par celui que vous me donnez qu'en vérité je ne pourrais en recevoir davantage. Songez qui je suis et ce que je suis; comment jamais devenir la femme de Wilfrid Nore? J'espère, il est vrai, que mon cœur s'est maintenu un peu en dehors des mesquineries de l'existence à laquelle j'ai dû me soumettre; mais, pourtant, mes habitudes s'y sont pliées; je suis bien naturellement la fille d'un pauvre missionnaire des Indes; j'en ai, dans la vie de tous les jours, et les idées, et les mœurs, et les précautions, et les prudences, et les parcimonies. Quand je rêve, il est possible que je me laisse emporter un peu plus loin, et peut-être pourrais-je vous suivre; mais quand j'agis, alors, Wilfrid, je le sais trop, je suis méticuleuse, timorée, et je ne peux plus, malgré ma bonne volonté, cesser de pratiquer ce que j'ai dû apprendre et mettre en œuvre durant tant d'années, pour que mon père, Georges et moi-même, nous puissions vivre. Je déplore mon défaut et le juge d'autant mieux que, depuis quelque temps, il est devenu inutile, même dommageable à moi et aux autres; pourtant, le pli persiste et je ne parviens pas à le défaire. Non ! en cela d'abord, en mille autres choses ensuite, nous ne nous convenons point. Croyez-moi, ne cherchez pas l'impossible, ne poursuivez pas ce qui ne vaut rien pour vous. Vous m'avez rendue très heureuse ! J'ai peut-être tort de l'avouer; j'ai eu plus tort encore de le sentir. Arrêtons-nous, Wilfrid, et craignons d'aller plus loin.

— Êtes-vous décidée? s'écria Nore.

Il parut si sombre, et son visage laissait éclater un chagrin si manifeste qu'Harriet s'en effraya :

— Êtes-vous bien décidée? continua-t-il pendant qu'elle le regardait fixement; dans ce cas, je ne vous presserai pas davantage; mais je ne saurais recevoir une blessure sans la rendre.

— La rendre? A moi?

— A quiconque me touche. Tenez, comprenez votre châtiment : je vous jure, parce qu'il y a de plus sacré au monde, que, vous considérant comme ma femme, malgré vos refus insensés, jamais, non, jamais, je ne demanderai à aucune autre....

— Pas de serments ! dit-elle en lui mettant la main sur la bouche, pas de serments ! Vous me soumettez à une étrange peine. Je n'eusse jamais supposé qu'une pareille épreuve pût s'adresser à moi. Enfin, Wilfrid, vous le voulez? Vous le voulez avec une force que vous ne me montrez que trop?

— Assurément, je le veux.

— Eh bien ! ne m'accusez jamais d'avoir cédé ! Seulement, je ne quitterai pas mon père; que deviendrait-il? Il ne peut tout seul retourner en Asie. Il faut lui laisser le temps d'arranger ses affaires, d'obtenir une pension.

— Tout ceci tend à des détours; mais, si je m'insurgeais trop, vous diriez... Que ne diriez-vous pas? Soit, vous voulez attendre encore? Attendons ! Combien de mois?

— Le sais-je?

— Bien ! Je m'occuperai des affaires de votre père, et, ce point terminé, tout sera-t-il en règle?

— Nous verrons ! répondit Harriet en souriant; vous n'êtes pas devenu beaucoup plus raisonnable que vous ne l'étiez à Bagdad.

— Non; mais, par un phénomène singulier, je suis devenu beaucoup moins patient. Au moins, vous avez cédé, de bonne foi, n'est-ce pas, sinon de bonne grâce?

Harriet lui tendit son front et lui serra la main; tout fut dit.

Dans ce moment, Coxe entra. Il était dans une des dispositions les plus agréables où un homme puisse se trouver. Il venait d'admirer de fort beaux tableaux et avait mesuré avec soin les proportions d'une statue antique; de plus, il avait lu les journaux et même le *Times*. Le jeu de ses facultés était en parfait état. Au moment où il ouvrit la porte, convaincu de trouver sa fille seule, et tout prêt à lui raconter les joies de sa journée, il aperçut Wilfrid, et non seulement il l'aperçut, mais il le vit tenant Harriet dans ses bras et embrassant cette chère fille.

C'eût été chose bien autrement facile à un chameau de se promener de long en large dans le trou d'une aiguille, qu'au pauvre Coxe de laisser pénétrer dans son âme candide l'ombre d'une mauvaise pensée; de sorte qu'il s'arrêta sur le seuil, surpris, mais nullement scandalisé. Cependant les amants ne s'attendaient pas à être interrompus de la sorte, et ils restèrent un instant indécis. Ce fut Nore qui à Harriet :

— Ne voulez-vous rien raconter à votre père, ma chérie?

— Mon père, M. Nore et moi nous sommes engagés.

Coxe ouvrit des yeux démesurés, contempla sa fille avec ravissement, en fit autant de Wilfrid, et s'écria :

— Oh !

Puis, sans ajouter une parole, il croisa les mains sur sa poitrine et leva les yeux ou ciel. Manifestement, la pauvre homme pensait avant toute autre chose à remercier Dieu. Nore lui serra la main; Harriet l'embrassa et posa sa tête sur son épaule; mais Coxe se dégagea doucement et se retira à pas lents vers sa chambre. Là, ayant fermé la porte, il se mit à genoux devant une chaise, cacha sa grosse tête dans ses mains, et ce qu'il dit à quelqu'un, il n'est pas trop aisé de le savoir, puisqu'il était tout seul; mais si ce fut une méditation pleine d'attendrissement sur le huitième verset du psaume 86 : « Seigneur ! il n'y a aucun entre les Dieux qui soit semblable à toi, et il n'y a point de telles œuvres que les tiennes », il n'y a pas grand sujet de s'étonner.

Nore, en quittant Harriet, s'en alla le long de l'Arno. Il regardait autour de lui et trouvait sublime le spectacle déroulé sous ses yeux par la nature. Florence est belle, il est vrai, mais il voyait moins Florence que le milieu éclairé par sa joie, et il se fût trouvé dans les campagnes de la Beauce, qu'assurément il eût prêté à leur monotonie vulgaire un charme et une majesté suprêmes. Nore se répétait :

— Être heureux, ce n'est pas grand'chose, mais sentir qu'on est la félicité de ceux qu'on aime ! Être assuré que ce qu'ils veulent c'est vous, et que vous leur êtes tout !... Quelles machines bizarres que les hommes ! Ils ont l'air d'autant de boîtes fermées et isolées, et il n'est pas un sentiment en eux qui ne soit cramponné à l'intérieur de quelqu'un d'autre. Si je me cassais le cou ou me laissais choir dans la rivière, je ne tuerais pas que moi seul !

Il se mit en quête de Lanze, et trouva sa demeure sans trop de peine. La rencontre fut des plus agréables à tous deux; mais Nore s'aperçut vite de la mélancolie sombre qui dominait l'artiste.

— Quel genre de vie menez-vous ici? lui dit-il.

— Je ne vois personne et je travaille.

— C'est un mauvais système. La solitude produit la fièvre et la morosité; ces deux dames, à leur tour, mettent au monde des fantômes. Qui jamais eut un tempérament plus vigoureux que Michel-Ange? Il a fini par ne plus concevoir que des créatures écorchées, des titans lançant des coups de pieds dans le vide et honnissant les spectateurs qui ne leur avaient jamais rien fait. J'aime mieux Raphaël et sa sociabilité; j'aime mieux la sérénité des maîtres du moyen âge; ils ne s'isolaient pas comme des hiboux, et vous n'oseriez condamner Phidias et Praxitèle; ceux-là passaient leur vie sous les portiques, dans le stade, aux gymnases ou sur la Voie Sacrée, causant et riant avec les philosophes, les éphèbes, les jeunes filles, les bouquetières, les âniers et les marchandes d'herbes. Un livre qui n'est pas un manuel de jovialité a prononcé cet arrêt : « Il n'est pas bon que l'homme soit seul. » Demain, je vous conduirai chez un de mes meilleurs amis, le docteur Coxe. C'est un brave homme; il a une fille. Je suis certain que vous éprouverez pour elle beaucoup d'estime et de respect. D'ailleurs....

Et ici Nore confia au sculpteur dans quelles relations il se trouvait vis-à-vis des personnes chez lesquelles il voulait l'introduire. Dès lors, Conrad, qui avait montré de la répugnance, ne résista plus, et, le lendemain, il fut présenté. Mais il convient ici de quitter Florence pour transporter le lecteur à Lucerne, où un pan entier de cette histoire attend la décision de l'architecte.

CHAPITRE VI

Henry de Gennevilliers, l'ami intime et le
mentor dè Laudon, était d'un caractère fort
honorable. Il appartenait au parti conservateur;
en outre, il était libéral et attachait une importance extrême, comme tous les gens sages, à pouvoir dire à chaque contradicteur, avec un sourire
attirant : « Nous sommes moins loin l'un de l'autre
que vous ne semblez le croire! De cette façon,
il avait des affinités avec les légitimistes; il n'en
avait pas moins avec les démocrates, et se balan-
çait ainsi en inclinant tour à tour de tous les
côtés, et cherchant à donner un peu de raison à
tout le monde.

Il passait sa vie à chercher la solution des
problèmes sociaux. Il s'inquiétait, de statistique,
d'économie politique, d'institutions charitables,
en faveur desquelles il dépensait beaucoup. Il
organisait des sociétés d'ouvriers pour l'instruction
des basses classes, favorisait les lavoirs, les ouvroirs,
les caisses d'épargne. Il était un membre actif
de la société de Saint-Vincent de Paul et de celle
de Saint-François Régis pour la régularisation

des mariages; mais, surtout, il prêchait la transfor-
mation morale des prolétaires qui, à l'aide de
saines doctrines, de renoncement et d'abnégation
résultant de principes religieux aussi solides qu'éclai-
rés, devaient, un jour, devenir sobres, chastes,
patients, désintéressés, tout à fait désabusés sur les
bals publics et irréconciliables ennemis du cabaret.
Il ne croyait pas présisément ces choses-là crûment
comme il faut les dire pour se faire comprendre. Il
les espérait, il y travaillait, il y tendait; c'est
encore un mot moderne pour exprimer qu'on
veut une chose sans la vouloir, parce qu'elle est
impossible. D'ailleurs, en politique, je le répète,
il eût aimé à tout concilier. Supposer de lui qu'il
aspirait à un gouvernement fondé sur la force,
c'eût été lui faire injure; il ne voulait pas le moins
du monde ce qui était hier; à la vérité, il repoussait
ce qui sera peut-être demain; surtout, il proclamait
avec énergie les dangers, la misère, l'odieux de ce
qui est aujourd'hui. Cette façon de voir, générale
parmi les gens raisonnables, s'appelle être conservateur. Gennevilliers se portait entièrement de
ce côté; ses convictions étaient inébranlables. Le
tout reposait sur un fond de sable composé d'une
grande douceur d'âme, d'une honnêteté timide, du
culte pieux de la phrase, de beaucoup de faiblesse,
de quelques doutes mal enterrés sous une couche
de dogmatisme tranchant; Gennevilliers était
maire de son village, conseiller général de son canton et député de son arrondissement.

Dans le monde, on l'estimait; son nom appelait

naturellement l'éloge. On n'aime guère, nulle part, les tempéraments fougueux, amoureux fous de la vérité, qui la cherchent dans les chemins peu battus. De tels caractères ont l'air de croire et de faire entendre que les lieux communs ne les contentent pas; ils blessent les amours-propres. Gennevilliers ne blessait personne, Il ne se promenait que sur les grandes routes et ne signalait que les points connus de chacun. Sa femme éprouvait pour lui une sympathie affectueuse. Comme il soutenait constamment et en bons termes les opinions incontestées dans le milieu où il vivait, elle était persuadée de sa valeur et en était fière. Cette façon de réduire en axiomes bien construits ce qui était dans toutes les bouches, lui semblait de l'érudition, et elle s'estimait heureuse d'être unie à un homme qu'on ne contredisait pas.

Mais on se tromperait si l'on allait croire qu'il existât ici de l'amour. Jamais rien de semblable ne s'était montré chez eux, ni avant ni depuis leur mariage. Ils avaient associé leurs fortunes et leurs situations d'un plein consentement et sur l'avis et l'incitation des deux familles. Ils auraient eu grand tort de s'en repentir et s'en gardaient bien; toutes les combinaisons prévues s'étaient jusqu'alors admirablement réalisées. Gennevilliers avait hérité d'un oncle et Lucie d'une tante, et de belles successions se préparaient encore des deux côtés sans encombre probable. Les deux époux ne se gênaient pas; ils ne se taquinaient pas. Ils avaient les mêmes goûts, les plus innoffensifs du

monde. Faire des visites, en recevoir, être à Paris
l'hiver, l'été dans quelqu'une de leurs terres,
puis en voyage, ils n'imaginaient rien d'autre; dès
lors, ils se trouvaient bien ensemble, et se préfé-
raient mutuellement à tous les hommes et à toutes
les femmes de leur connaissance, qui, d'ailleurs,
vivaient exactement comme eux, renfermés dans
les mêmes horizons. La passion, l'emportement,
le trop, en quoi que ce fût, on ne savait ce que
c'était dans cette vertueuse maison, et l'amour
c'est le trop.

En revanche, il faut aussi l'avouer, on s'ennuyait
quelquefois. Ordinairement, on languissait; c'est
le lot du bonheur moderne, et y rien changer
serait impossible. Quelque chose de fort et de
bruyant doit être mêlé à la vie, si l'on veut qu'elle
ne devienne pas atone. Quand les Romains avaient
à se garder des Samnites, des Sabins, des Osques,
des Umbres, et défendaient contre ces voisins
conjurés, non leur vie, non leurs biens, mais l'existence nationale, mais les dieux de la patrie, certes,
ni les Fabius, ni les Marcellus, ni les Servilius, ni la
gens Marcienne ne s'ennuyaient ni ne languissaient.
Quand le moyen âge, se montant la tête, allait
jouer sang et fortune dans les déserts lointains de
la côte d'Asie, ni la langueur, ni l'ennui n'effleu-
raient non plus l'imagination des chevaliers, et,
quand, dans nos guerre civiles, les Montmorency et
les Châtillon, les Guises et ceux de Navarre se
poussaient les uns aux autres, l'épée et la dague à
la gorge, pour essayer de devenir le premier, on ne

languissait pas davantage, et l'ennui n'avait
point de place entre l'espérance du triomphe et les
fureurs de la défaite. Descendons encore; quand,
à défaut de l'amour de la cité, de la foi rayonnante,
de l'ambition du premier rang, les générations
déchues, mais non complètement énervées, se
laissèrent rouler dans les divertissements maculés
et les espérances folles du dernier siècle, il y eut de
la violence, force expirante, à ces excès de soupers,
à ces turbulences philosophiques; mais, de nos
jours, les riches n'ont plus rien à vouloir; ils peuvent
courtiser à leur gré les vanités de situation; l'orgueil
de caste est trop haut placé pour leur petite taille;
ils n'ont point de fanatisme religieux, ils sont
trop honnêtes gens pour l'ambition échevelée,
trop justement timorés pour la débauche; ce n'est
pas de la passion que de craindre périodiquement la
torche allumée de la canaille; ils se remuent un
peu entre le tapissier, la lingère, le fabricant de voi-
tures, la marchande de modes; payent des notes et
s'ennuient. Il n'y a pas de théorie, si spiritualiste
qu'elle soit, qui puisse les tirer de là.

Comme les femmes ont un sentiment plus délicat que leurs époux, elles subissent plus complètement aussi les conséquences de cette situation.
Lucie s'ennuyait donc spécialement, et, sans y rien
comprendre, souffrait du vide dans lequel elle
était plongée. Elle n'éprouvait d'enthousiasme
pour rien et n'admettait guère un pareil état de
l'âme. C'est un grand malheur, quand un tel éner-
vement devient ordinaire dans les hautes classes

d'une nation, car, généralement, les femmes y résistent en dernier; si elles y succombent, c'est que tout est perdu. Alors, une existence paisible, entortillée aussi complètement que faire se peut dans les langes du petit luxe, elles n'imaginent plus rien au delà; elles voilent le tout dans la gaze impalpable d'une religion modique, où l'on ne risque pas de se fourvoyer, puisqu'on ne fait qu'obéir, et, dans ce nid peu bruyant, on perce, on empâte, on endort les hommes déjà assoupis et qui ne demandent pas mieux que de l'être davantage.

Lucie, après son mari et ses enfants, voulait du bien à ses amis, et, parmi ceux-là, elle distinguait assez Laudon. Tandis que Gennevilliers était flatté de trouver en lui un élève, elle, de son côté, ne l'était pas moins de se connaître un admirateur marchant à la suite, dont elle était certaine de n'avoir jamais rien à craindre. Il ne lui avait jamais rien dit, on le sait, d'un sentiment dont elle eût repoussé hautement l'aveu; mais, dans son for intérieur, elle s'affirmait à elle-même que des adorations très vivaces existaient de ce côté-là. Elle n'en était pas fâchée. Comme elle savait bien que son mari ne lui avait jamais porté plus d'amour qu'elle n'en avait eu pour lui, elle ne se faisait pas scrupule, au contraire, elle était secrètement ravie d'avoir fait naître et, par conséquent, mérité un culte que le respect maintiendrait éternellement dans le silence, mais qui était fort exalté !

Ainsi, elle triomphait doublement; d'une part, elle régnait sur l'âme d'un galant homme et la régentait en qualité d'idole, ce qui voulait dire qu'elle était jolie, aimable, séduisante et pourvue de tout ce qui peut inspirer des folies; de l'autre, elle contenait les flots, tempérait les flammes, brisait le souffle des tempêtes par l'autorité de son aspect immaculé. Et ce n'était pas encore tout. Il y avait un dessous, un dessous à secret, dont on ne connaissait pas bien soi-même tous les recoins.

Dans ce dessous, s'amusait d'une manière innocemment ironique, ou mieux, ironiquement innocente, un tout petit instinct, dont les traits, comme ceux d'un bébé charmant, n'étaient pas nettement formés. Ce petit instinct, gracieux, un peu cruel, mais si jeune, si faible, en vérité, ne méritait, pour ces raisons, aucune réprimande. Puisqu'il faut s'expliquer, Lucie souriait en ellemême de ce qu'Henry ne s'apercevait pas de l'amour qu'elle inspirait; Lucie jouissait surtout de cette imperceptible perfidie, quand elle entendait son mari ordonner à l'avance ce que ferait ou ne ferait pas Laudon d'après ses sages avis.

— Si je le veux ! murmurait-elle bien bas.

En quelques rencontres, elle avait opposé, sans en avoir l'air, son autorité à celle du prudent Gennevilliers, et, au grand étonnement de celui-ci, et à son grand triomphe à elle, Laudon n'avait pas bougé de place.

En conséquence de tout ceci, Lucie agréait assez celui qu'elle considérait comme sa victime, et, afin de faire d'une pierre deux coups, elle avait conçu le projet de le marier à une de ses cousines à qui elle portait un certain intérêt. Cette cousine était une bonne petite personne, peu jolie, pas spirituelle, bien née, riche, sachant lire, écrire, compter, ayant appris par cœur une histoire sainte arrangée, une histoire de France composée et quelques extraits châtiés des poètes et des prosateurs auxquels elle n'avait rien compris, l'excellente enfant, sinon que ces choses-là, nécessaires pour constituer une bonne éducation, ne pouvaient prétendre à ce qu'on s'occupât d'elles une fois qu'on n'y était plus contrainte. Lucie, en contemplation devant tant de vertus dont sa bonne petite cousine était armée, pensait, avec quelque apparence de raison, qu'après la noce comme avant, il n'existait pas le moindre motif pour qu'elle-même cessât d'exercer sur Laudon cette autorité salutaire, dont la vertu, la beauté et le mérite sans pairs constituent le privilège irréfragable. Mais c'est assez nous promener dans les corridors souterrains et sans lumières d'un aussi aimable cœur que celui de Lucie. Il faut s'arrêter là, en se bornant à dire que madame de Gennevilliers s'était fait persuader par son mari de désirer le mariage de Laudon avec Jeanne de Blanchefort, et, en épouse soumise d'un si grand homme, elle avait consenti à engager la question aussitôt que l'hiver aurait ramené tout le monde à Paris; car ce ne fut qu'à Lucerne, et après le départ de Louis, que Gennevilliers, habilement préparé depuis quelques semaines, fit lui-même la découverte de ses véritables intentions et les communiqua à sa femme étonnée.

CHAPITRE VII

Après avoir visité les cantons forestiers, causé à
fond avec une foule de landammans et pris une
quantité de notes sur les maisons de fous et les
prisons, Henry de Gennevilliers et sa femme, continuant leur voyage, s'étaient dirigés vers le Nord
et étaient arrivés à Saint-Gall. Les deux époux
avaient le projet de s'arrêter dans cette petite
ville au moins une semaine. Il fallait visiter les restes
de l'abbaye, ce qui, probablement, allait donner
matière à un article sur les mérites économiques de
l'administration des moines; il fallait aussi examiner en détail la fabrication des mousselines bro-
dées, savoir le prix de revient et se mettre en état
d'exposer la situation morale et physique des tra-
vailleurs et des travailleuses; autres articles. En
conséquence, les Gennevilliers s'établirent confor-
tablement à l'*Hôtel du Poisson,* ce dont l'aubergiste
fut ravi.

Ils étaient là depuis trois jours, quand ils enten-
dirent, une nuit, un assez grand tapage dans l'hôtel.

Les domestiques montaient et descendaient les escaliers avec rapidité; des voix étrangères se mêlaient à ce bruit, commandant, discutant, appelant. Gennevilliers réveillé se mit à la fenêtre. Il vit une chaise de poste arrêtée devant la porte. Cette voiture venait d'arriver; les postillons étaient encore en selle. Le maître d'hôtel se tenait près de la portière, dans l'attitude la plus humble et avec cette profonde conviction de la puissance de la flatterie que les aubergistes possèdent seuls à un degré supérieur. Il assurait Son Excellence que l'appartement était tout prêt, et, sur une question que Gennevilliers n'entendit point, il répondit avec un nouveau salut :

— Oui, Excellence ! il y a une lettre. Cette lettre est arrivée hier et a été renvoyée de Burbach; elle porte le timbre du Caucase.

En ce moment, un valet de chambre annonça à haute voix que tout était prêt dans l'appartement, et Henri vit alors descendre de la voiture une femme d'une taille élancée, enveloppée dans un châle; une autre femme la suivait.

— N'oublie pas ma cassette, Lucile, dit la première dame en se retournant.

— Non, madame la comtesse, je la tiens !

Et, comme toutes deux entrèrent dans l'hôtel, Gennevilliers allait se coucher, convaincu qu'une haute puissance habitait, dès ce moment, sous le même toit que lui, et il se promettait d'en demander le nom le lendemain. Tout à coup un cri terrible et aigu pénétra la maison entière. Des clameurs se succédèrent, Henry se précipita sur la porte, l'ouvrit à demi et vit dans le corridor les domestiùues, l'hôte, la femme de chambre, portant la dame, et, au milieu des « ah ! mon Dieu !... quel malheur !... qu'est-il arrivé?... soutenez-lui la tête !... la procession entra dans le grand appartement de l'hôtel, et Henry le vit se refermer.

Son premier mouvement fut d'aller aux informations. Mais il pensa judicieusement que cette affaire ne le regardait pas. Il se recoucha et dormit. Au matin, aussitôt habillé, il sortit de sa chambre et chercha l'hôte. Après un entretien de quelques instants avec lui, il entra chez Lucie.

— Ma chère, lui dit-il, voilà quelque chose d'assez curieux et peut-être d'assez triste. Vous rappelez-vous la comtesse Tonska?

— Pas le moins du monde, répondit Lucie.

— Comment ! vous ne vous rappelez pas qu'il y a deux ans, vous sommes allés au bal chez elle, à Paris? Elle occupait un délicieux appartement dans l'avenue de l'Impératrice. Votre tante, madame de Lanlay, nous avait présentés.

— Ah ! oui, je me souviens maintenant. Eh bien?

— Eh bien, la comtesse Tonska est arrivée ici cette nuit. Elle a d'abord demandé s'il y avait quelque lettre pour elle. On lui en a remis une venant du Caucase et qui avait été la chercher à Burbach, d'où on la lui avait renvoyée à cet hôtel. Elle l'a ouverte précipitamment, et, après l'avoir parcourue des yeux, elle est tombée évanouie et a eu des convulsions. Depuis ce moment, la fièvre l'a prise; on la dit fort mal.

— Pauvre femme ! répondit Lucie. Elle avait de bien belles dentelles.

— Ne pensez-vous pas, reprit Henry, que nous pourrions lui donner quelque marque de sympathie? Elle a été fort polie pour nous, et je crois même me rappeler qu'après son bal, vous avez échangé des visites.

— Elle est venue chez moi et ne m'a point trouvée. Je l'ai aperçue aux courses. Que voulez-vous que nous lui disions?

— Je ne sais, il y a peut-être ici du bien à faire.

— Mais, mon ami, réfléchissez; je vous l'avoue, je n'aime pas beaucoup les étrangers. Aller au bal chez eux, rien de plus simple; mais les voir, c'est assez grave !

L'hésitation se mit dans l'esprit de Gennevilliers. En ce moment, on frappa discrètement à la porte.

— Entrez ! dit Henry.

C'était le maître d'hôtel, suivi à distance par une femme de chambre qui resta dans le corridor.

— Qu'y a-t-il?

— Monsieur le comte, madame la comtesse Tonska, ayant appris que vous étiez ici avec madame la comtesse, me charge de vous demander si nous n'auriez pas, par hasard, des globules homœopathiques de belladone?

— J'en ai, répondit Lucie avec empressement. Si vous voulez entrer, mademoiselle, poursuivit-elle

en s'adressant à la femme de chambre, je vous remettrai le flacon.

Lucile se confondit en remerciements, et, tandis
que madame de Gennevilliers cherchait, ouvrait
sa pharmacie portative et regardait alternative-
ment les étiquettes des petits cylindres de verres,
elle demanda :

— Comment va madame la comtesse? J'ai
appris, avec beaucoup de peine, qu'elle s'était
trouvée mal en arrivant !

— Madame la comtesse a été fort souffrante
toute la nuit; elle se calme un peu. Elle a appris,
si subitement et sans y être préparée, la mort de
monsieur le comte !

— Ah ! mon Dieu ! que me dites-vous là? Quel
affreux malheur ! Henry vous entendez? M. le comte
Tonski est mort ! C'est cette nouvelle qui est la
cause de l'état où se trouve madame Tonska.

— J'en suis désolé, répondit Gennevilliers.
Veuillez bien, mademoiselle, exprimer à madame
la comtesse la part que nous prenons à sa situation et ajouter que madame de Gennevilliers et moi
serions heureux de lui être bons à quelque chose.

Lucile remercia et partit. Les deux époux déjeu-
nèrent et montèrent ensuite en voiture pour aller
à Appenzell, Rhodes extérieures, visiter un village
dont presque tous les habitants font des broderies
pour le compte des négociants de Saint-Gall. Ce
fut encore une belle occasion offerte à l'homme
politique. Il accabla de questions les gens qui
l'approchèrent et leur exposa ses théories, ce dont

ils furent très édifiés; quant à Lucie, elle acheta une robe brodée ravissante et une foule de jolies choses qu'on lui vendit très cher.

La nuit venue, ils s'en retournèrent, au travers des petits chemins les plus pittoresques du monde, mais aussi les plus rocailleux et dont les constantes montées et descentes n'amusent pas les chevaux. Il faisait sombre tout à fait quand ils descendirent de voiture, et d'abord, on les prévint que madame Tonska serait très reconnaissante à madame Gennevilliers si celle-ci voulait bien se rendre auprès d'elle.

Lucie, avec sa prudence ordinaire, se montra peu disposée à accueillir ce qui la faisait sortir de ses habitudes; elle regarda son mari avec une certaine anxiété. Pour lui, répondant aussitôt à sa pensée :

— Mais, ma chère, vous ne pouvez guère faire autrement, il me semble. D'ailleurs, quel inconvénient y voyez-vous?

— Je ne saurais que vous dire, répliqua Lucie, et, levant légèrement les épaules comme une personne contrariée, elle se dirigea du côté de l'appartement de la comtesse.

Elle resta une grande heure absente, et Gennevilliers, quelque peu affamé, ne savait comment s'expliquer la longueur de cette conférence et commençait à s'impatienter, quand Lucie reparut. On servit aussitôt. La jeune femme gardait un air concentré; elle était visiblement affectée. Henry s'écria, aussitôt qu'ils se trouvèrent seuls :

— Au nom du ciel ! ma chère, dites-moi ce que

vous avez ! Vous n'êtes pas dans votre état ordinaire.

— C'est que ce que je viens de voir et d'entendre n'est pas ordinaire non plus. Je suis arrivée chez madame Tonska. Sa femme de chambre m'a introduite. J'ai trouvé une personne pâle, les yeux étincelants, brûlés de fièvre, ses cheveux noirs, des cheveux admirables ! défaits et roulants de tous côtés autour de sa tête, donnant à ses traits quelque chose d'étrange. Tenez, Henry, je n'ai jamais rien rencontré de si beau de ma vie ! En m'apercevant, madame Tonska s'est soulevée avec peine sur ses oreillers et m'a dit de la voix la plus mélodieuse et la plus touchante du monde.

— Que vous êtes bonne !

Elle me tendait les mains, figurez-vous, Henry, mais avec un geste si doux, si charmant, si sympathique, que les larmes me vinrent aux yeux. M'apercevant qu'elle se fatiguait, je passai mon bras derrière sa tête pour la soutenir ; alors elle me saisit avec force et m'embrassa avec une sorte d'emportement en me disant :

— Vous êtes mon bon ange !

Je restai tout interdite ; car enfin, Henry, je la connais très peu.

Elle me fit asseoir sur le bord de son lit, ce qui ne me plut pas beaucoup ; mais elle voulait m'avoir tout près d'elle, et alors elle me pria de l'écouter avec une grande attention. Voilà en substance ce qu'elle m'a dit :

Elle va mourir, et elle n'a plus que peu de jours,

peut-être quelques heures, à passer sur cette terre.
Elle désire que vous fassiez mettre les scellés sur
son appartement; elle vous donnera un papier qui
vous institue son exécuteur testamentaire et vous
y trouverez ses dernières volontés. Elle vous prie
instamment de ne pas lui laisser détacher du cou
une petite chaîne d'or à laquelle est suspendu un
médaillon contenant des cheveux de son mari.
Impossible de la calmer, jusqu'à ce que je lui aie
juré en votre nom une obéissance complète sur ce
point. Alors elle m'a raconté des choses! mais des
choses! Vous ne pouvez imaginer ce que c'est que
madame Tonska! Je ne crois pas qu'il existe au
monde une créature plus angélique! Vous le
savez! généralement je n'aime pas les étrangers et
les étrangères encore moins; mais, pour celle-ci,
il ne se peut rien concevoir d'aussi bon, d'aussi
tendre, d'aussi dévoué. Elle est d'une piété céleste,
et je vous l'avoue qu'elle me fait l'effet d'une
sainte!

— C'est possible, répondit Gennevilliers d'un
air contrarié, mais vous me mettez dans un grand
embarras. Comment puis-je être l'exécuteur testamentaire d'une Polonaise? Tout cela n'a pas le
sens commun, et le moindre inconvénient que j'y
voie, c'est de nous éterniser à Saint-Gall.

— Que voulez-vous! je pense de même; mais
pouvais-je dire à une malheureuse créature, prête
à expirer seule dans une auberge du coup mortel
que vient de lui porter la mort de son mari, que
vous ne voulez pas être le bon Samaritain?

— C'est la mort de son mari qui la tue? demanda Gennevilliers sans ombre de malice.

— Elle était fort malade déjà, répartit Lucie en haussant les épaules, mais ce coup l'achève. Les sujets de plainte ne lui avaient pas manqué; mais elle m'a dit en pleurant qu'elle se rappelait seulement en lui les années de sa jeunesse. Vous savez que ces femmes-là sont très romanesques.

— Ce que je sais, c'est que c'est fort ennuyeux, soupira Gennevilliers, et il prit un journal. Dans ce moment, un domestique de l'hôtel entra et remit à Lucie un billet plié en triangle. Il n'y avait que ces mots :

« J'ai réussi à me faire porter sur le canapé. Si
« vous m'aimez un peu, amenez-moi votre mari.
« Vous le savez, je n'ai plus beaucoup de temps à
« moi.

« SOPHIE T. »

— Pauvre femme ! murmura Lucie en essuyant ses yeux presque mouillés.

Gennevilliers, plus contrarié que jamais, était fort incertain.

— Qu'allons-nous faire? dit-il à sa femme.

— Comment pouvez-vous hésiter ? répondit celle-ci.

— Eh bien ! allons, puisqu'il le faut !

La comtesse était couchée sur un canapé entre deux fenêtres; elle avait fait relever sa merveilleuse chevelure; elle était vêtue d'un long peignoir de mousseline blanche. Incontestablement, elle était de la plus rare beauté, et sa pâleur y ajoutait une expression vraiment surnaturelle. Gennevilliers, ahuri, se mit dans un fauteuil qu'elle lui montrait de la main, tandis qu'elle attirait Lucie sur la chaise placée près de sa tête.

—Vous avez pour femme un ange, monsieur de Gennevilliers, lui dit-elle. Vous l'aimez bien, n'est-ce pas? Vous ne l'abandonnerez jamais? Pardonnez à une mourante de vous parler de la sorte. On ne m'a pas aimée; on m'a abandonnée, et vous voyez ce qui arrive.

Henry était extrêmement mal à son aise; mais il trouvait la comtesse belle au delà de toute expression et se sentait jeté au dehors de ses habitudes.

Madame Tonska prit un papier sous le coussin :

— Ce sont mes dernières volontés, dit-elle d'une voix douce et ferme. Je regrette de vous avoir connus tous deux si tard. Mais que les desseins de Dieu soient bénis ! Madame de Gennevilliers a dû vous rapporter, monsieur, quelle était la chose à laquelle je tiens le plus?

Gennevilliers ne se trouva pas la force de parler et fit un signe d'assentissement.

— Merci, monsieur; vous êtes bon; vous êtes digne d'elle !... (et elle serra la main de Lucie). Vous trouverez dix mille francs en billets dans cette cassette. Veuillez les remettre à M. le curé de Sainte-Clotilde; il me connaît; il emploiera cette somme à dire des messes pour le repos de l'âme de mon pauvre mari. Je sais trop... Mais la miséri-

corde de Dieu est si grande, et peut-être, au dernier moment, Boleslas a-t-il réfléchi !... Pardon de
prolonger cet entretien si peu intéressant pour
vous... Mais vous faites le bien, je vous connais
mieux que vous ne pensez ; vous êtes de ces hommes
courageux et utiles que le monde ne vénère pas
assez. J'ai lu vos admirables travaux... Vous pren-
drez sur l'ensemble de ma succession une somme
de cent mille francs pour votre *Asile de l'Enfant
prodigue*... D'ailleurs vous trouverez l'expression
de mes volontés dans ce papier. Et maintenant,
adieu, ne m'oubliez pas... Lucie, priez pour moi...
Monsieur, songez à moi !... Je ne vous importu-
nerai plus !

Elle leur serra la main à l'un et à l'autre et leur
fit signe de la laisser. Ils obéirent et se retrouvè-
rent dans le corridor, en larmes, confondus, hors
d'eux-mêmes, et n'ayant jamais imaginé rien de
semblable à ce qu'ils venaient de voir et d'entendre. Du reste, ils étaient parfaitement d'accord,
désormais, que la comtesse Tonska était un être
incomparable, descendu d'une sphère supérieure ;
qu'elle allait y remonter et que c'était un grand
malheur pour notre planète. Ils se dirent enfin
bonsoir, et allèrent se coucher, l'âme dans un triste
état.

Au milieu de la nuit, vers trois heures du matin,
Gennevilliers fut réveillé en sursaut. Il s'assit sur
sont séant et écouta, ne sachant trop ce qui le tirait de son sommeil. C'était une musique écla-
tante. Une voix prodigieuse de force et d'éclat,

dirigée par la science la plus consommée, chantait un psaume de Marcello en s'accompagnant sur le piano d'une façon qui eût fait honneur à un maître.

— Conçoit-on, se dit mentalement Gennevilliers, qu'il existe des gens capables de pareils caprices à de pareilles heures? Ce doit être un Anglais! Et cette pauvre femme, qui n'a plus besoin que de repos et de silence! Je vais parler à cet homme!

Il s'habilla à la hâte et se mit en devoir de descendre à la salle commune; mais, en passant devant la porte de l'appartement de madame Tonska, il entendit que c'était là qu'on jouait et qu'on chantait.

— Qu'est-ce que cela signifie?

Il resta un moment dans la stupeur; puis il se dit :

— Elle use ce qui lui reste de force nerveuse. Je ne dois pas le souffrir.

Il frappa à la porte. Lucile lui ouvrit.

— Qui est au piano? demanda-t-il avec l'autorité d'un exécuteur testamentaire.

— C'est madame la comtesse, répondit la jeune fille.

— Elle se fait horriblement mal!

— Elle se tue, répliqua Lucile.

— Permettez-moi d'entrer! Je dois empêcher cette folie.

Il entra. Sophie était assise devant l'instrument; dans sa robe blanche tombant de toutes parts, à grands plis, elle avait l'air d'un spectre; elle chantait et n'avait jamais eu tant de voix. Quand elle aperçut Gennevilliers, elle lui ordonna, à la lettre, elle lui ordonna par un geste impérieux de ne pas l'interrompre, et, ce qui est admirable, c'est qu'Henry s'assit docilement. Elle acheva son morceau, puis se levant toute droite :

— Vous avez bien fait de venir ! Je vous attendais ! Je savais que Dieu vous enverrait à moi ! Je ne suis pas ce que vous croyez ! J'ai été bien malheureuse; mais aussi j'ai été bien coupable ! J'ai beaucoup à expier; il faut que je souffre beaucoup ! Écoutez-moi ! je vous en supplie, je vous en conjure par tout ce qu'il y a de plus sacré sur cette terre; écoutez-moi, conseillez-moi, et je ferai exactement ce que vous m'aurez ordonné, parce que vous êtes un homme droit, pur, et que je ne veux pas d'autre juge que vous.

Gennevilliers se repentit d'être sorti de son lit; mais, au fond, il était flatté d'être reconnu pour ce qu'il valait; en même temps, il était curieux de savoir quels pouvaient avoir été les torts d'une aussi belle personne qui aimait tant son mari, et, en outre, comment dire non à une mourante? De sorte qu'il resta, et la comtesse, appuyant son coude sur la table du piano, lui exposa ce qui suit.

CHAPITRE VIII

— Monsieur de Gennevilliers, les démérites les
plus graves chez autrui ne nous paraissent tels
que parce qu'ils proviennent des causes dont on ne
se rend jamais assez compte. Si j'avais été à l'égard
de mon pauvre mari celle que j'aurais dû être, je
me serais moins scandalisée au début, j'aurais été
plus indulgente, et bien des malheurs ne seraient
pas arrivés. Le pauvre Boleslas n'était pas méchant.
Il était faible; il avait été beau, recherché, gâté.
Il avait pris de fâcheuses habitudes. C'eût été mon
rôle, celui d'une femme courageuse et aimante,
de supporter quelques-uns de ses défauts; j'aurais ainsi pu les contenir, et j'en aurais empêché
d'autres de se développer chez lui.

Je n'ai rien fait de ce qu'il était au moins de mon
devoir d'essayer. Le comte, entraîné dans la mauvaise compagnie, avait pris l'habitude de boire
avec excès. La première fois qu'il m'apparut en cet
état, il m'inspira de l'horreur; je le lui témoignai
avec emportement. Il m'aimait; j'aurais dû me

servir de ce sentiment pour l'attirer dans une vie plus régulière. Mais, non ! je l'humiliai ; je l'offensai. Je m'amusai méchamment à marcher à pieds joints sur son amour-propre. Il patienta quelque temps ; puis, ce qui était trop naturel, il s'éloigna de moi. Je le sens maintenant, je vous le répète, avec plus de douceur, en lui rendant tendresse pour tendresse, en lui prenant généreusement la main, j'en suis convaincue ! je l'aurais tiré du gouffre. Je l'y poussai davantage par mes mépris coupables. Plusieurs fois, il voulut revenir ; je lui fis passer quelques soirées à s'entendre reprocher ses torts avec amertume. Alors il s'éloigna pour toujours. Les femmes ne sont pas bonnes ; sur cent, une à peine comprend qu'elle n'a autre chose à faire qu'à retenir, par tous les moyens, son mari auprès d'elle ; à être sa confidente, son amie, sa maîtresse... Non ! la plupart se font un idéal de grandeur et même de devoir absolument différent. Elles veulent être juges ; elles veulent commander, diriger, être craintes, et, allant au rebours de ce qu'on leur prêche, elles prétendent dominer le maître, rompre en visière au seigneur, et ne sont jamais si fières et si contentes que quand elles ont renvoyé l'amant honteux et insulté.

Ce jeu ne dure jamais longtemps. Il a fini vite pour moi. Mon mari ne me maltraitait pas, ce qui arrive à d'autres ; il me préférait ouvertement la première danseuse venue ; encore une fois, c'était ma faute. Voyant celui que j'avais repoussé rejeter sa chaîne à son tour, je fus frappée dans mon orgueil; je voulais bien l'écarter, je n'admettais pas qu'il me quittât. C'était arrivé pourtant; je voulus m'étourdir, et on me fit la cour. J'y pris un plaisir malsain; je n'aimai personne, je ne cédai à personne, en cela vous devez me croire ! Mais je voulais blesser celui qui m'abandonnait. Je me compromis tant que je pus. Alors, de l'ivrognerie et du désordre, Boleslas tomba dans le jeu; le jeu le conduisit à pis... Maintenant, il est mort, désespéré. Voilà ce dont je suis responsable. Les illusions m'ont quittée depuis longtemps; je suis profondément malheureuse; je comprends tout : j'ai mérité les coups de la justice divine et je voudrais user de ce qui me reste de forces pour m'en préserver au moins dans la vie éternelle.

— Madame, répondit Gennevilliers, quand on s'analyse de la sorte, on a certainement un grand courage et une perspicacité égale; mais on se fait mal à soi-même. Je ne veux pas rechercher si, par hasard, vous n'exagérez pas vos torts. Je suppose, pour vous plaire, qu'ils sont grands; mais, puisque vous me faites l''honneur de votre confiance, à quoi voulez-vous aboutir ?

— A cette question même, répliqua la comtesse. Nous voilà sur le terrain. Je veux aboutir à laisser le passé pour ce qu'il est, après avoir reconnu que la responsabilité en pèse sur moi, et me consacrer à rechercher les moyens sérieux, non pas de réparer un mal irréparable, mais d'en faire naître des compensations. Quel parti dois-je prendre, suivant vous? Au moment même où j'ai appris la mort du pauvre Boleslas, j'allais le rejoindre dans la résolution de ne plus le quitter. C'est tout vous dire : j'avais rompu avec mon existence ancienne, et je voulais devenir une femme nouvelle. Ce que je méditais ne m'est plus possible; que puis-je mettre à sa place?

Gennevilliers la contempla avec étonnement. Madame Tonska bouleversait ses idées. Il s'était accoutumé à la pensée qu'elle allait mourir le lendemain, ou du moins qu'elle ne passerait pas la semaine; maintenant, elle lui demandait de régler son sort. Il fut, au fond, bien aise d'accueillir l'espérance qu'une créature aussi accomplie d'esprit, de cœur et de corps, ne fût pas perdue, et il répondit :

— La question est grave, et je suis peu propre à la discuter. Mais si je pénètre tant soit peu dans ce qui s'agite en vous, il me semble que la vie conventuelle vous attire.

La comtesse secoua la tête :

— Ce point-là est déjà décidé, répondit-elle; que ferais-je désormais dans le siècle? Ce que je prétends de vous, c'est de m'aider à démêler quel genre de vie religieuse me peut convenir davantage. Dois-je consacrer les talents que le Ciel m'a donnés à répandre l'instruction, en entrant aux Ursulines ou dans tout autre ordre enseignant? Croyez-vous que je ne servirai pas mieux les desseins de la Providence en allant soigner les malades parmi les dignes filles de Saint-Vincent? Puissé-je finir sur le grabat de la fièvre jaune dans l'Amérique espagnole ou du choléra dans quelque contrée plus lointaine encore ! Il est un troisième parti que je pourrais prendre : la vie contemplative ! les austérités physiques et morales ! Je me suis égarée par l'abus de la volonté ; n'est-ce pas la preuve que ma vocation est d'ensevelir cette volonté sous la bure de la Carmélite ou de la Trappistine?

Gennevilliers ne put songer sans frémir à ce que deviendrait cette charmante personne au milieu des renoncements redoutables dont elle évoquait si résolûment la triste image.

— Mais, madame, s'écria-t-il, pourquoi quitter le monde? N'est-ce pas là, aujourd'hui, qu'il y a le plus de bien à faire? Vous semblez un soldat qui, pour chercher des escarmouches, abandonnerait la bataille !

— Mon ami, dit la comtesse en appuyant ses doigts effilés sur la main de Henry ; je n'ai plus la force des grands combats, j'ai tout au plus celle de la souffrance !

Sur ces mots, elle parut s'affaisser ; Gennevilliers la soutint dans ses bras et appela Lucile à haute voix ; celle-ci arriva à moitié endormie et l'aida à porter la comtesse sur son lit. Sophie était sans connaissance. Pendant que la suivante lui faisait respirer des sels, Gennevilliers, hors de lui, courut réveiller sa femme.

— Venez, ma chère, lui dit-il, si vous voulez la voir encore ! Elle expire !

Lucie se précipite hors de son lit ; et enveloppée à la hâte dans une robe de chambre, elle suivit son mari.

Pendant trois quarts d'heure, tous les secours furent inutiles, et Gennevilliers agitait en son esprit la question de savoir si le moment n'était pas venu d'aller quérir les sacrements, quand enfin la comtesse ouvrit les yeux. Elle regarda autour d'elle d'un air absolument égaré ; puis elle se cacha le visage sous ses deux bras croisés. Enfin, elle les déplia, aperçut Lucie, et lui dit d'une voix éteinte et avec un faible sourire :

— J'espérais que c'était fini ! C'est vous, c'est votre mari qui me retenez !

Il n'est jamais désobligeant de s'entendre attribuer la vertu de ressusciter les morts ; de sorte que Lucie et Henry, fortement impressionnés, commencèrent à espérer l'un et l'autre que la comtesse ne mourrait pas, et que leurs soins, leur tendre sympathie, prolongeraient les jours de cette femme si intéressante. Ils s'établirent donc à demeure, l'une au chevet, l'autre au pied du lit, et les articles de revues et de journaux sur les classes ouvrières et les institutions charitables tombèrent dans l'oubli ; il ne fut plus question désormais, et pendant huit jours environ, que de la comtesse Tonska, suspendue, comme le tombeau de Mahomet, non pas entre le ciel et la terre, mais entre la vie et la mort.

Enfin, l'énergique sollicitude de ses amis l'emporta.

— Vous m'avez sauvée, leur dit-elle, d'une fin bien douloureuse ; maintenant sauvez-moi de moi-même !

Lucie n'avait jamais éprouvé pour personne un sentiment comparable à celui que lui faisait connaître sa belle malade. Quant à Gennevilliers, hum !... C'est tout ce qu'il est à propos de dire de la situation d'esprit d'un homme si parfaitement paisible et d'une humeur ordinairement si pondérée. Il lui montait au cerveau des idées, des bouffées d'impressions singulières.

Cependant madame Tonska commençait à passer une partie de son temps sur une chaise longue. Elle se faisait porter auprès de la fenêtre et s'absorbait, disait-elle avec un sourire mélancolique, dans la contemplation de cette grande nature qui n'avait plus pour elle ni caresses ni espérances. A son grand regret, elle n'avait pas réussi à mourir physiquement, mais moralement il ne restait plus rien d'elle. Son âme, si souvent martyrisée, ne conservait pas une seule fibre qui vibrât encore; elle ne comprenait désormais que le dévouement et n'imaginait quelque joie que dans le sacrifice.

Pendant tout ce temps, elle ne parlait guère à Lucie et à Gennevilliers que de ses souffrances et de son mari. Quand elle fut mieux, elle continua sans doute à détailler ses peines, mais elle s'occupa de moins en moins de l'infortuné Boleslas. Alors, du fond de sa confiance tout entière gagnée, sortirent d'abord quelques allusions amères à son affection trompée pour des hommes qui n'avaient pas su la comprendre; et comme Lucie, en particulier, tout en conservant une mine discrète et austère, brûlait d'envie de connaître les aventures extraordinaires d'une personne si complètement différente du commun, et que sa curiosité, sous l'incognito d'une sympathie pieuse, ne laissait pas que d'être reconnue aisément, un beau soir que Gennevilliers avait été se coucher de bonne heure, parce qu'on l'avait renvoyé sous prétexte de fatigue, la malade, après avoir fait de la musique et chanté pendant deux heures, raconta à son incomparable amie sa vie, sa vie entière avec ses luttes et ses victoires toutes plus douloureuses les unes que les autres. Lucie avait lu peu de romans et fut pétrifiée d'admiration.

Sophie lui exposa ce qu'elle avait essayé pour ramener à la vertu le prince de Deux-Ponts et comment elle avait misérablement échoué. Alors, sans hésiter, elle avait éloigné d'elle un homme sans principes, qui, sous le masque de l'affection, osait se flatter des projets les plus coupables. Un instant, le duc d'Olivarès, par les dehors chevaleresques qu'on lui connaît, par ce teint cuivré et ces cheveux noirs qui le font ressembler à un Abencerage, lui avait causé quelque illusion. Hélas ! le prestige s'était vite dissipé ! Le Castillan avait été renvoyé par la même route que le Bavarois. Enfin, Sophie avait connu Jean-Théodore, prince régnant de Wœrbeck-Burbach. Rien de plus séduisant que ce souverain. A beaucoup d'esprit il unit beaucoup de cœur, il est capable de concevoir le bien et même de l'exécuter; pourquoi faut-il que d'aussi belles qualités soient annulées par cette étrange fantaisie de n'approcher les femmes que pour les perdre ? La malheureuse situation de Son Altesse Royale, quant à sa vie intérieure, auprès d'une personne absurde, avait d'abord frappé douloureusement la comtesse, et elle s'était vivement intéressée à Jean-Théodore

— Vous ne pouvez vous figurer, chère Lucie, disait-elle, quelle est la compagne à laquelle on a eu le courage de l'associer. C'est une portière bien née, voilà ce qu'on en peut penser de plus indulgent. La princesse héréditaire, de son côté, s'est donné les idées et les façons d'une gouvernante vaudoise; entre ces deux femmes le pauvre prince était comme un navire sans gouvernail, tournant sur lui-même au milieu d'une mer inerte. Pour échapper à cette misère, il a formé à différentes époques des liaisons tout à fait indignes de lui. Ce fut d'abord une petite bourgeoise de Burbach, une mademoiselle Caroline Schmidt, aujourd'hui mariée à un riche industriel; ensuite vint une actrice extravagante, mademoiselle Lippold, à laquelle il trouvait du génie; enfin une marquise Coppoli, intrigante au suprême degré, peu jolie et sans l'ombre d'une qualité. J'ai voulu le tirer de cet abîme... Ne faites jamais le bien, ma chère, ne le faites jamais !... si vous avez peur de souffrir !

En prononçant ces paroles, madame Tonska adressa au ciel un regard de reproche et serra la main de son amie, puis elle continua :

— Le prince ne put se tenir de devenir amoureux de moi. Je vous l'ai dit, il est séduisant, éloquent, aimable, autant que ce mot a de sens. J'eus la faiblesse de lui permettre de me tout avouer, à condition qu'il ne demanderait jamais de retour. Il me le promit et ne put tenir parole. Il était exigeant, il était jaloux; des scènes continuelles me jetaient dans le plus affreux désespoir, et moi qui n'ai besoin que de repos et qui ne saurais vivre dans une atmosphère agitée, je dus perdre jusqu'à l'espérance de passer un seul jour sans querelle. J'aurais voulu le rendre heureux; j'aurais voulu éclairer sa belle intelligence constamment obscurcie par les théories vaines et fausses de ministres sans portée, de conseillers indignes. Je passais mes jours à le supplier d'étudier les droits des classes souffrantes, à abandonner des errements vieillis, à se mettre à la tête des réformes, à guider, pendant qu'il en était temps encore, les foules toutes disposées à marcher derrière lui, mais aussi à le renverser s'il résistait; il m'était impossible de maîtriser son attention. Il me peignait dans les discours insensés l'excès de ses sentiments pour moi, il se frappait la tête, il se mettait à mes pieds... Ah! Lucie, que d'extravagances chez les hommes, et combien les meilleurs sont peu de chose!

Enfin, nous eûmes, il y a quelques jours, des scènes intolérables à propos d'un jeune artiste, M. Conrad Lanze, dont Son Altesse Royale daigna s'inquiéter à mon sujet. Ce jeune homme, que je connaissais à peine, est doué d'ailleurs du plus rare talent. Il est sculpteur. Vous avez sans doute entendu prononcer son nom?

— Jamais que je sache; mais je ne m'entends pas
à ces choses-là.

— En tout cas, je fus très dure avec lui qui ne
m'avait offensée en rien; je lui défendis de revenir
chez moi, et je crains de n'avoir pas assez ménagé
à ce moment une nature profondément sensible,
impressionnable et délicate. Mais, je vous le
confesse encore, il me fallait la paix à tout prix.
Vers ce même temps, m'arriva la nouvelle de la
maladie de M. Tonski. Le prince se conduisit avec
la plus rare ingratitude. Il me défendit de partir;
j'eus beau lui remontrer avec douceur, avec pa-
tience, avec une affection sans égale, à quel point
mon devoir était précis; je ne lui laissai pas ignorer
qu'il s'agissait de sauver non seulement un corps,
mais une âme, une âme immortelle, et que j'en
étais responsable devant Dieu ! Pauvre prince !
Où je cherchais à éveiller un héros, un homme seul
me répondait ! Un homme faible, pusillanime,
incapable de renoncement et de grandeur ! Je le
quittai en le bénissant. Vous ne saurez jamais,
Lucie, vous qui avez pour mari un ange de bonté
qui est en même temps un colosse de force ! vous ne
saurez jamais à quel point on se sent attendri par
ces pauvres êtres qui vivent de vous et vous déchi-
rent en vous embrassant ! C'est là, je l'imagine,
la volupté suprême de la maternité ! Enfin, je
partis. Mais j'avais été faible à mon tour. Je m'étais
laissée retenir un jour; j'aurais dû m'éloigner à
l'heure même où m'était arrivé le premier avis de
l'état misérable où en était réduit M. Tonski. Le

ciel m'en cruellement châtiée ! Vous savez tout maintenant. Je ne le reverrai jamais... jamais plus ! L'ami de ma jeunesse !... Celui-là seul que j'ai aimé ! Je l'aime toujours, Lucie ! Et, misérable que je suis, je ne peux pas mourir ! Je n'ai pas su être une femme forte et résolue ! Je n'aurai pas de pardon !

C'est ainsi que cette belle âme acheva de se confesser. Lucie était en larmes. Elle n'eût jamais imaginé qu'une créature aussi sublime pût exister sur la terre. Elle était anéantie devant tant de beauté, tant d'éloquence, tant de feu, tant de vertus, tant de repentirs, tant de perfections et un tel effondrement de malheurs et d'injustices du sort et des hommes amoncelés les uns sur les autres ! Et vous, cieux et terres, océans et rivières, divinité des bois, nymphes, égypans, sylvains et satyres, n'en doutez pas une minute, Sophie Tonska croyait au pied de la lettre que tout ce qu'elle venait de raconter d'elle-même était rigoureusement vrai, et même qu'elle avait modestement diminué la magnanimité de ses actes et de ses paroles ! Et on fût venu lui lire un récit matériellement exact de son dernier entretien avec le prince de Burbach, récit attesté par quatre témoins et paraphé de deux notaires elle l'aurait immédiatement argué de faux. Tout le monde plus ou moins est ainsi fait. Gœthe a écrit l'histoire de sa vie sous le titre bien pensé de : *Fiction et vérité*. Il avait le sentiment net des choses et savait de science certaine qu'il allait se peindre en beau.

Madame Tonska n'était pas un philosophe, et elle se voyait comme il lui était agréable de se voir. M. le prince de Deux-Ponts et M. le duc d'Olivarès n'étant pas des personnages de cette histoire, il est difficile de savoir exactement ce qu'ils pensaient eux-mêmes de la comtesse et jusqu'à quel point leur opinion était fondée. Seulement on a pu entendre raconter souvent à Grégoire Smiloff, qui d'ailleurs n'est pas une bonne langue, que Son Altesse Sérénissime, laquelle avait connu madame Tonska quand celle-ci n'avait que vingt et un ans, frissonnait encore d'épouvante en se rappelant que Sophie s'était fait enlever par lui en revenant d'un bal à Pétersbourg, et l'avait forcé de prendre le chemin de Varsovie sous peine de la revoir jamais; mais elle l'avait planté là à la première station, sous prétexte qu'il voulait la perdre de réputation, et avait eu une attaque de nerfs; oh! quelle attaque de nerfs! Encore une fois, ce que dit Grégoire Smiloff et l'exacte vérité ont rarement des traits communs, et on ne saurait accorder aucune confiance à une anecdote aussi incertaine. Pour ce qui est du duc d'Olivarès, il s'est marié, et la duchesse a de l'esprit jusqu'au bout des ongles, mais elle n'est pas bonne non plus; elle prétend que madame Tonska faisait faire maigre à son mari et l'obligeait à lui lire *les Œuvres de sainte Thérèse* à haute voix. En tout cas, c'eût été une occupation dont il n'eût tenu qu'à lui de tirer de grands avantages. Ce qui était incontestable pour madame de Gennevilliers, c'est que son amie était un ange.

CHAPITRE IX

Le lendemain de ces confidences prolongées jusqu'à trois heures du matin, et qui avaient mis Lucie dans un état nerveux très nouveau pour elle, Henry eut son tour. Madame Tonska pria la jeune femme de la laisser seule avec M. de Gennevilliers, afin qu'elle pût prendre les dispositions dernières et indispensables avant d'entrer en religion. Rien n'était plus naturel, de sorte que, vers minuit, la comtesse, s'étant réveillée d'une sorte de léthargie, dans laquelle elle était restée plongée depuis trois heures de l'après-midi, et ayant consenti à prendre un bouillon, se déclara de nouveau assez forte pour être maîtresse de ses idées, et fit asseoir Henry, avec du papier, une plume et de l'encre, à côté de son lit, d'où il lui avait été impossible de sortir.

Pour débuter, elle remercia M. de Gennevilliers de l'affection imméritée dont elle se voyait l'objet de sa part et de celle de sa femme, et, à cette occasion, elle exprima toute sa reconnaissance, avec la

façon charmante, touchante et flatteuse qui lui
était familière; elle émut fortement son interlocuteur, et se mit à parler de Lucie. Ce fut le tendre
abandon et l'insistance d'une sœur, presque d'une
mère. Elle s'étonna qu'une fleur aussi fraîche, aussi
pure, aussi délicieuse eût pu s'épanouir au milieu
des frivolités du monde. Elle montra un tact et
une divination infinis dans l'analyse qu'elle présenta à l'imagination de l'époux heureux et flatté.
Elle fit miroiter devant les yeux d'Henry toutes les
vertus et tous les charmes de la compagne de son
existence. Assurément, il n'avait pas besoin qu'on
les lui montrât; il les connaissait. Il ne put, toutefois, se défendre de les considérer de nouveau avec
plaisir, d'autant plus que, de la manière dont ils
furent offerts, il conçut la pensée secrète et bien
caressante qu'il était lui-même sinon le créateur,
du moins l'éducateur de si rares merveilles, et,
qu'entre des mains moins habiles, moins sûres,
bien des nuances, bien des perfections se seraient
effacées ou ne seraient jamais venues à bien. Il
comprit sa propre valeur en matière de sentiment,
et, bien que tout cela ne lui fût pas précisément dit
par l'enchanteresse, il se trouva pourtant que
l'apothéose de Lucie fut encore beaucoup plus la
sienne, et il ne se défendit pas de savoir un gré
infini à une personne qui le divinisait d'une manière
si sûre, et, en même temps, si voilée.

Ce procédé conduisit naturellement madame
Tonska à demander à Gennevilliers l'histoire de
sa vie. Henry, n'avait jamais supposé jusqu'alors

que sa vie eût une histoire; mais, dans la situation morale où il se trouvait, dans l'état intellectuel légèrement surexcité où il se sentait, il comprit qu'on devait désirer vivement connaître le fond d'un homme tel que lui, et il eut une histoire, il eut même une légende et de plus un roman. Les incidents de son existence, jusqu'à ce jour fort simples à ses yeux, se présentèrent sous une lumière toute nouvelle. Il ne se trouva pas aussi prosaïque qu'il se résignait naguère à l'admettre. Loin de là! une poésie fort acceptable monta de son cœur à sa tête; il se reconnut une enfance rêveuse, une adolescence mélancolique, une jeunesse contemplative, un cœur rempli d'un amour inconscient, et, en outre, le goût comme l'habitude de papoter sur les classes ouvrières lui apparurent transfigurés en deux génies montant au ciel d'un vol égal, pour aller s'approprier la portion de feu céleste oubliée par Prométhée. Si une chose pareille est arrivée au sage, froid et méthodique Gennevilliers, uniquement parce qu'il était assis, la nuit, au chevet d'une très belle dame malade, qui l'avait grisé en lui révélant ses vertus, on peut bien excuser cette belle dame de perdre assez complètement l'appréciation du réel toutes les fois qu'elle parlait d'elle-même ou qu'elle y pensait.

Quand deux interlocuteurs en sont sur des sujets pareils, c'est-à-dire que chacun d'eux s'explique, se dresse, se hausse, se monte, et à chaque parole, donne un tour de plus au cric qui le dirige vers le ciel, l'entretien passionne et n'est pas prêt de finir.

Ce ne fut donc guère que vers cinq heures du matin que les deux anges, placés en face l'un de l'autre, purent s'occuper du but de leur réunion, et Gennevilliers dit à madame de Tonska :

— Si vous m'en croyez...

— Ne vous servez plus jamais de cette phrase avec moi, mon ami, interrompit la comtesse. Soyons vrais entre nous, rien que vrais, toujours vrais, dans les petites choses comme dans les grandes ! Vous savez bien que je vous crois en tout ; n'ayez donc jamais l'air de supposer ce que vous êtes assuré qui n'est pas. Dites-moi : « Voici ce que je trouve bon pour vous », et, aussitôt, sans hésiter, je le ferai. Les âmes comme la vôtre ne se trompent jamais.

— Eh bien, donc, écoutez-moi. Je n'approuve pas que vous entriez en religion, pour le moment, du moins.

— Je vous en conjure, ne me rejetez pas dans le monde, j'y ai trop souffert !

— Vous ne retournerez pas précisément dans le monde, comme vous l'entendez ; mais pas de couvent ! La solitude, un retirement trop absolu ne vous vaudraient rien.

— Est-ce vraiment votre avis ? demanda la comtesse d'un air intéressé, en appuyant son coude sur son oreiller et en regardant en face son sage conseiller.

— Incontestablement, répondit celui-ci d'un air péremptoire, et je ne vous le donne qu'après y avoir mûrement réfléchi. Et non seulement je

ne crois pas que le repos complet du cloître puisse
convenir à une nature aussi ardente que la vôtre;
je vais plus loin ! Vous n'avez pas une vocation
sérieuse. Oh ! je le sais ! Comme toutes les âmes
d'élite, vous êtes persuadée du néant de tant de
choses qui maîtrisent l'imagination du vulgaire
et conquièrent sa révérence; mais, ce n'est pas
assez; il faudrait être morte à bien des impressions
même aux plus nobles, et le *perinde ac cadaver*
ne saurait s'appliquer à vous.

— Je ferai plier ce qui résiste et je le tuerai,
s'il le faut, s'écria Sophie en se rejetant sur ses
oreillers et croisant ses bras sur ses yeux.

— Ce n'est pas nécessaire, répliqua sévèrement
Gennevilliers, si vous pouvez faire plus de bien
en restant dans le siècle qu'en en sortant.

— C'est là un prétexte bon à exercer, à glorifier
même, la langueur et la lâcheté !

— Il n'en sera point ainsi pour vous, et de vrais
sages et des héros de charité, comme Anatole de
Bosse, par exemple, et plusieurs de nos amis, vous
indiqueront assez ce qu'il convient de faire.

— Je ne veux de directions que les vôtres ! Je
me mets dans vos mains; je m'abandonne tout
à vous ! Ce vœu d'obéissance, que vous ne me
permettez pas de proférer solennellement au pied
des autels, c'est à vous que, confidemment, secrètement, je l'adresse à cette heure, et, croyez-moi,
mon saint, mon digne, mon noble ami, il n'en sera
pas moins tenu pour être fait et rester entre nous
deux.

— Merci, répondit Henry avec onction. Je n'ai pas mérité une telle faveur du ciel, une telle gloire, oserai-je dire, et, cependant, je l'accepte de vous.

La conversation devint des plus élevées et s'étendit à l'infini sur ce thème. Les époques corrompues, y disait-on, voient naître des natures spéciales, aptes à lutter contre toutes les dépravations comme les messagers du Seigneur combattent tous les diables. Madame Tonska, belle, éloquente, accomplie, égale à tout ce qu'il y avait de plus considérable en Europe et possédant une fortune énorme, allait désormais compter dans les premiers rangs de ces puissances célestes, heureusement mondanisées, dont les salons remplacent aujourd'hui avec tant d'avantages, la grotte de saint Jérôme, et même l'ancien rocher de Pathmos. Autour de la comtesse, sous sa direction, sous son inspiration, par son influence, avec son autorité, allait surgir, parmi les jeunes gens de la société, jusqu'ici sans emploi défini de leurs loisirs, une précieuse milice dont on pouvait tout attendre. Sur ces entrefaites, le jour commença à poindre, le prophète et l'initiée se séparèrent après avoir échangé les dernières paroles de paix et d'espérance. Gennevilliers s'en alla dans sa chambre. Il lui fut impossible de se coucher. Il se jeta dans un fauteuil, rêvant à ce qu'il venait d'entendre et surtout de dire lui-même, état singulier, tout à fait sans analogue dans sa vie précédente.

Positivement, madame Tonska était une créature absolument exceptionnelle, se mouvant au sein

d'un nimbe lumineux et rayonnant, et, comme il n'y
a guère d'admiration possible sans comparaison,
toutes les femmes qu'il avait approchées et plus
ou moins connues, y compris la sienne, lui sem-
blèrent ne valoir guère mieux que d'insignifiantes
poupées vis-à-vis de cette merveille dont il avait
fait la découverte. Pour lui, il se sentait autre qu'il
ne s'était trouvé en aucun temps. Jusqu'alors, il
avait souffert d'une sorte de timidité secrète;
cette lâcheté avait disparu. Il était un homme hors
de ligne, il n'en doutait plus, et Sophie ne le lui
avait certainement pas dit, ni rien d'approchant :
elle le lui avait démontré, et il venait de s'en expliquer vis-à-vis d'elle et vis-à-vis de sa propre
conscience. Sophie était sublime, lui, supérieur,
puisqu'elle se soumettait à lui et le suppliait de la
diriger; elle était forte, il était plus fort, puisqu'elle
s'appuyait sur lui; et, finalement, c'était lui qui
venait de tracer la route magnifique où il allait
désormais faire avancer les pas de cette femme
adorable. Gennevilliers se rafraîchissait ainsi de
sa nuit blanche, en se plongeant par-dessus la tête
dans le bain le plus onctueux qui fut jamais : une
pleine cuve de vertus parfumée du contenu de
plusieurs flacons de vanité distillée.

Pendant ce temps, les choses ne se passaient pas
ainsi du côté de madame Tonska. Lorsque Gennevilliers fut sorti, elle se tourna et se retourna quelque
temps dans son lit et essaya de dormir. Elle y parvint un instant et s'assoupit; mais, sous l'action
d'une tête trop active, elle se réveilla en sursaut,

et, si complètement, qu'elle comprit l'inutilité de toute tentative nouvelle pour obtenir le repos. Alors elle se leva, passa une robe de chambre, ouvrit sa fenêtre et contempla les montagnes, déjà teintées de violet à leur base et de rose et de blanc sur les sommets nuageux que venait caresser le premier souffle du jour.

— Il est impossible, se dit-elle, de mettre plus de bonne volonté, plus de résolution, plus d'obstination même, et surtout de bonne foi, dans les efforts que je ne cesse d'accumuler pour me prendre aux choses de la vie. Impossible ! Tout me laisse froide et complètement, désespérément indifférente. Je n'ai jamais réussi à avoir d'amour pour personne ; je crois que j'eusse planté là M. Tonski au quatrième jour d'épreuve de mon dévouement, s'il n'avait à l'avance pris le parti de mourir, et, maintenant, voilà cet imbécile, à qui j'ai pourtant fait la partie belle, et qui n'a su ni me jeter dans un couvent ni me conquérir à sa philanthropie. Ce soir, je l'ai rendu amoureux de lui-même ; demain, il le serait de moi, s'il ne l'ai déjà, et ce sera toujours à recommencer ! Mon Dieu ! pourquoi ne puis-je rien aimer ? Il faut pourtant que je vive, il faut que j'agisse ! Je ne suis pas une brute, je ne suis pas un être nul ; j'ai des idées, j'ai de l'énergie, j'ai des qualités de toutes sortes ! Mais, au nom du ciel ! à quoi les dépenser ? Si je dois m'attacher à quelqu'un, mieux vaudrait encore le prince que les autres ; il a de l'esprit, du cœur, un rang élevé ; oui, mais justement pour ces motifs, séparés ou réunis, il voudrait me régenter; Monseigneur, à force de se l'entendre dire, est persuadé de son infaillibilité; d'ailleurs, au fond de lui-même, il est également convaincu de l'immense honneur dont il m'accable en daignant s'occuper de moi ! Et encore, j'accepterais ces misères; mais quel ennui, quelle torture, de se sentir glacée et dure comme un marbre et de bâiller à l'avance à une exposition de sentiments toujours les mêmes dans tous les cœurs et prêtant, presque littéralement, les mêmes mots à toutes les bouches ! Comment se fait-il donc que moi, qui ne suis ni méchante ni hargneuse, qui ne suis pas, Dieu merci ! systématiquement incrédule, je puisse encore plus que l'amour, maudire et exécrer ce langage absurde dont je m'abreuve à cœur joie depuis quinze jours ? Comme toute cette litanie sonne creux et faux ! Combien ce pauvre M. de Gennevilliers est charlatan, et, ce qui est le plus à sa charge, il l'est, le malheureux, sans le savoir ! C'est tout au plus, je gage, si, dans les minutes à demi lucides que lui accorde sa débilité de tempérament et d'esprit, il lui passe dans la tête comme une révélation, pauvre fusée éteinte aussitôt sous une avalanche de phrases toujours prêtes, et qu'il n'a pas eu seulement le pauvre mérite d'inventer !... Dieu ! que je voudrais être comme lui ! J'aurais désiré me faire religieuse ! Je voudrais pouvoir lui faire, lui donner le salon qu'il rêve ! On y discuterait le mérite des candidats aux évêchés vacants; on y inventerait les prédicateurs de génie, on y ferait des greffes matrimoniales, pour servir à la propagation de la bonne cause, en unissant un jeune pied-plat, intrigant sans fortune, à une jeune oie millionnaire. Non, il ne faut pas me lancer sur cette belle route ! Je ne saurais plus comment m'en tirer, et, en somme, me voilà à bout de voie, mourant d'ennui et ne voyant plus à quoi me retenir, et moi, la fierté, l'orgueil, l'audace, passant ma vie à jouer les comédies les plus aventurées, parce que je comprends tout et ne réussis à être sincère dans rien ! On m'a aimée ; je n'y tiens pas ? Je crois à tout ce qu'il faut croire et reste indifférente ! Je me sens incapable de rien faire de vil, de bas, de vulgaire, de rêver des distractions indignes en réalité, je suis la vertu, et je ne peux pourtant estimer quoi que ce soit de ce qui meuble la sphère d'où je ne voudrais pas sortir.

Pendant qu'elle se confessait avec cette amertume, car elle était dans un moment de crise et n'usait pas ordinairement, même en tête-à-tête avec sa conscience, d'une pareille sincérité, madame Tonska se pénétrait de la nécessité de quitter l'impasse où elle s'était engagée. Cette situation, avec un caractère comme le sien, se reproduisait quelquefois ; alors elle passait invariablement par trois états : d'abord une révolte violente, comme celle à laquelle le lecteur vient d'assister ; insurrection complète, cris, fureurs, rupture du joug ; en second lieu, résolution ferme de jeter à la figure de la tyrannie répudiée tous les débris des gênes mises hors de service ; troisièmement, et sous l'impression rafraîchissante du sentiment de la liberté reconquise, un retour graduel, hésitant, mais enfin complet à la prudence et à la modération.

Car que faire? Si l'on détruit tout, que restera-t-il? Que voudra-t-on? Où ira-t-on? La vie est, en somme, renfermée dans un cercle, et, si l'anneau est rompu, comment exister? où? de quoi? par quoi? On est libre c'est bien; cela console et détend. Mais pousser les choses aux derniers termes, ce n'est pas le fait des natures qui souffrent du scepticisme. Elle se refusa à aller trop loin. Triste, horriblement triste, elle demeura pénétrée de son impuissance et de son humiliation, et possédée plus que jamais du désir de changer. Elle prit la plume et écrivit :

« Mon ami,

« Vous avez prédit juste encore deux fois, Je ne vaux rien, ni pour les autres, ni pour moi-même; j'ai peur que vous ayez raison jusqu'au bout. Ainsi, jamais je n'aimerais personne, et la glace de mon imagination resterait figée autour de mon cœur? Je veux lutter pourtant.

« Adieu.

« Comtesse SOPHIE TONSKA. »

La suscription de cette lettre portait :

A monsieur Casimir BULLET,
à Wilna.

Le lendemain, Sophie partit, laissant à M. de Gennevilliers un billet d'adieu, qui ne lui apprenait rien du tout et le plongea dans la consternation.

FIN DU TOME PREMIER

Chartres. — Imprimerie Félix LAINÉ. 4.8.24.